大活字本シリーズ

茗荷谷の猫

木内　昇

《下》

埼玉福祉会

茗荷谷(みょうがだに)の猫

下

装幀　巖谷純介

茗荷谷の猫／下巻　目次

茗荷谷の猫

五　隠れる

本郷菊坂

ぽっくり、父が逝ったので、相当額の金が舞い込んだ。

耕吉(こうきち)は、親類縁者に口やかましい者がいないのをいいことに、とっとと父の営んでいた店を畳み、三十人ほどいた従業員に十分な金を与えてこれを追い払い、恐ろしいまでの手際の良さで土地と家屋を処分、父親の骨を先祖代々の墓に放り込むと位牌を親戚に預け、やはり潤沢な金を渡して「これで菩提(ぼだい)を弔って欲しい。そちらに預かってもらったほうが父も安堵いたしましょうから」と死者に口を貸しているような振りをして言い、跡取りたる自分の役目を一切合切放棄した。しかし連中は耕吉を蔑（さげす）むどころか、兄弟もなく、親もこれでいなくなった彼を、天涯孤独の身になったと哀れんだ。どや、帰ってきたらわしら面倒みたるがのう。父親の兄にあたる伯父はそう言って泣いた。うっかり垂れた鼻水まで、穢（けが）れなき透明であった。耕吉はしかし、東京で勤めがあるからと言下に答え、伯父を振り切り汽車に飛び乗った。ベタベタと見送りに来た親戚たちに手を振りながら、これで晴れて自由の身になれる、と腹の中で快哉（かいさい）を叫んだ。

耕吉はこうして再び都会での気儘（きまま）な暮らしに戻った。大学入学を機に上京してからこの方、彼は適当にこの街をさまよっていた。俸給取りにはならず職も気分で変えた。ツルハシを持って新宿通りを掘り起こしたこともあれば、吉原で幇間（ほうかん）の真似事をした時期もある、芝の雑魚場で魚をより分けもすれば、大森の望翠楼ホテルでボイをしたこともある。住所も定めず、仕事を変えるたびに下宿を渡り歩き、時には適当な木賃宿に泊まり、または懇意になった女のもとにしけ込むなどして雨露を凌いだ。もう四十になるのに独り身なのは頑ななまでにその日暮らしを貫いてきたのが祟ってのことだが、しかし彼には別段所帯を持ちたいという希求もなかった。妻や子を持ち、それら他者の口を糊するためにさしてどうということもない職場に通い詰めて俸給をもらう、そういう謂われのない背嚢を負う気概がもとから抜け落ちていたのである。ただ彼は、それを人としての欠陥だと認識したことは一度たりともなかった。これが己の生き方である、という自負さえ抱き堂々としていた。にもかかわらず、この歳で学生が苦しい金をかき集めて住むような下宿に入ろうとすれば、大家の婆さんに必ずといっていいほど怪しまれる、職を変えるたびそこの偉いさんに、人間定職に就いてなんぼだ、と頼んでもない説教を垂れられる、といった災難に再三見舞われた。若い頃ならいざしらず、この歳になって人様から生き様をどうこう言われることほど不毛なものはない。しかし、耕吉はけっして抗弁しなかった。親切ごかしの苦言は、「はあ、はあ」と頷いておれば時を待たずに必ず通り過ぎるからである。第一に、彼の、のれんに腕押しといった態度に相手が愛想を尽かすからであり、第二に、それでもなお言葉を尽くし彼を説こうとするような親身さを持ち合わせた人間はひとりとしていなかったからである。

父親の遺産は、贅沢しなければ一生働かずに暮らしていくに十分なものだった。もちろん、父の住んだ家をそのまま受け継ぎ田舎に暮らすことも考えぬではなかったが、あの慣習・因襲におもねっている村で今までのような気儘な生き様を貫けばたちまち噂の的となり、針の筵に座らされるのは必至である。その点東京であれば、他にも明らかに人生を浪費している人間がいようから多少は紛れて目立たなくなるだろう、耕吉はそんな思いで、終の棲家とするための小さな家をこの東京に買うことを決めた。広さだの住み心地は下宿で十分、一生仮住まいでもよかったのだが、大家や世話役の婆さんからうるさく干渉されるのは金輪際御免だったからである。

　ところが、手頃な売家を見つけるのが思いのほか手間だった。震災後の住宅不足はそろそろ解消されつつあるはずなのに、ひとりで住むにちょうどよさそうな小さな家は大概が借家で、売家となると仰々しいものしかないのである。広い家に住んで掃除に手間を割くのは馬鹿げている。そのために女中を置くのはさらに落ち着かない。どうしたものかと思案投げ首していた矢先、ある周旋屋が本郷辺りでちょうど手頃な家が出た、と知らせてきたので耕吉はいそいそと出掛けて行った。教えられた通りに家を訪ねれば、本郷とは近からず遠からず、なにやらひどく坂の多い土地へ迷い込み、番地を見ると「茗荷谷」という馴染みのない地名。裏路地に入り、こぢんまりとした平屋の建ち並んだ静かすぎる住宅地、丁字路の突き当たりに件の家をようよう見つけて、耕吉は久方ぶりの運動で流れた汗を腰に差した手拭いで拭った。

表札を確かめると「緒方」と文字がある。ここに間違いない。軒下にぶら下がっている小さく折り畳んだ半鐘のようなものをおそらくこれが呼び鈴代わりであろうと察し、そこに置いてあった木槌で叩くと、モクッと妙な音がした。はい、と中から嗄れた男の声が応え、ほどなくして七十は超えているであろう老人が姿を現した。春先にもかかわらず、白い絽の着物を洒脱に着流しているあたり、少々気が早い人物と思われる。

周旋屋からもう話がいっていたらしく、耕吉が用件を告げる前に老人は縮緬皺をあちこちに咲かせた顔で、ひどくつっけんどんに「どうぞご自由に御覧ください」と言い置いて、自分は厨に入った。ざっと見渡したところ、八畳と四畳の二間。玄関脇には板の間の厨がついている。小さな庭では木々が新芽を吹いており、八畳間の縁側からそれらを眺めることができた。手頃な間取りと隣家の目を遮る庭の木々を、耕吉は大いに気に入った。

老人は四畳のほうに据えられたちゃぶ台に茶を支度し、耕吉に勧めた。差し向かいで座る際、

「緒方、と申します」

と老人は自らを名乗っただけで、耕吉の年齢だの職業だのを根掘り葉掘り訊くことはしなかった。が、その代わり、茶をすする碗の陰からチラリチラリと耕吉を見遣る。非常に不快な仕草であった。こうして値踏みされることほど耕吉にとって物憂いことはない。

「本宅は別にありまして、ここは時折息抜きに訪れようと建てたのですが、もう歳も歳ですから二軒を往き来することが辛くなりまし

て」

老人はやにわに切り出した。

なんでも、ここはもともと老人の知人が住んでいた土地だったが以前の家屋は震災で崩れた、その後始末を老人が負うことになり、別に更地にしてもよかったのだがここの住人を訪ねるのが生き甲斐のようになっていた時期もあったのでどうも忍びがたく、前にあった家と似たようなものを建てた、ということである。確かに見る限り、家具といってもちゃぶ台と衣桁(いこう)程度しかなく、妾宅というわけでもなさそうで、ただ思い出のためだけに家を造ったとしたら随分酔狂な話であると耕吉は、老人の絹糸のような髭(ひげ)を眺めた。

「先の住人の方はもうここにはお住みにならないので？　利権の問

題などございますでしょう」

「あ、それはご安心下さい。彼女はもうご主人のもとに行かれました。少なくとも本人はそう思っていることでしょう」

少々意味の通じぬところもあったが、耕吉は縁もゆかりもない他人のことを詮索するのも面倒なので、深く訊くことをよした。

「ここに住んでいた方はね、いい絵を描いた方でした。しかし哀切な裏切りに遭った方でもあったんです」

老人は前の住人の思い出話でもしようと思ったのだろう、訥々（とつとつ）と語りはじめた。しかし耕吉は利権に関して障害はなさそうだとわかるやすっかり前住人への興味も失せ、クルクルと忙しく部屋の中を見回すことに夢中になった。見れば見るほど過ごしやすそうな家である。

「まあ、あなたならよろしいでしょう」
老人はしばし耕吉を眺めたあと決断したらしく、家の売り賃として
は驚くほどの安価を示した。さすがに耕吉はたじろぎ、「家一軒です
よ」と念を押した。震災後に建て替えたとすればまだ十年ほどしか経
っていない。この場所ならその三倍近い値で売れるはずである。
「いえ、いいんです。そう決めておりましたから。その代わりといっ
てはなんですが」
老人は少しかしこまって背筋を伸ばした。
「お支払いを何度かに分けていただいて、その都度私がここに頂き
にあがる形でお願いしたいのです」
これは異な事を言う。支払うほうが払いを分けて欲しいと頼むなら

まだしも、耕吉には一度に払えるだけの金があるというのに分けて払えという。

「あのう、私がお持ちするのでもなく？」

「ええ、ここに通うのを楽しみとしていた、あの頃のことが忘れがたいのです」

奇っ怪な老人である。通ったところで前の住人が待っているわけでもあるまいに。耕吉は自分の領域を定期的に訪ねて来る者があるということを面倒に思ったが、それに異を唱えたばかりに老人がこの家に対して持っている思い入れをくどくど聞かされることになるのはもっと面倒だと考え、早々に了承し、話を打ち切った。翌週半ばに引越してくる段取りだけつけて、細い路地に置かれた植木鉢や格子窓に気まぐれに触れながら、下宿への道を戻った。

支払いの期日も回数も老人は決めなかった。それは私の気持ちに任せて欲しい、と老人は静かに告げただけだった。

住みはじめて、まさしくここは理想とする条件をすべて満たした家であることを、耕吉は実感した。隣近所の物音すら聞こえてこない静けさ、日当たりも風の通りも申し分ない。家もまだ微かに新築の木の香りを放っている。朝飯に遅れて下宿の婆さんに嫌味を言われることもなく、両隣の部屋の住人たちの鼾（いびき）や話し声に煩わされることもなく、同じ宿に住んだだけで同志面して馴れ馴れしく接してくる止宿人の不意の来訪に逃げまどうこともなく、耕吉はせいせいと羽を伸ばした。

　近所には引越しの挨拶もしなかった。近所づきあいをする気はさらさらなかったからである。両隣は老夫婦のふたり暮らし、向かいには老女がひとりで住んでいる。彼らは、昔からこの地に住んでいるという、ただそれだけの事実になんの実体もない自尊心を培養しており、耕吉の如き新参者は一切認めぬという敢然とした態度に徹した。道で会っても木で鼻を括ったような会釈をするのがせいぜいである。これは耕吉にとってむしろ幸いだった。二軒先には若い夫婦が住んでいるようだが、おそらく亭主が勤め人で規則正しい暮らしぶりなのだろう、彼らを見かけることも皆無であった。

　部屋にはちゃぶ台、文机、本箱、布団。少ない荷で暮らす癖は、家を持っても変わらない。庭には小さな物置小屋もついていたが、何故か錠が掛かっていたし、物置に入れるほどの荷も持たなかったのでそのままにしてある。彼は、好きな時間に起き、適当に飯を食い、庭木をいじり、書見に散歩、眠くなったら万年床でそのまま寝るという、人としてもっとも美しい暮らし、つまり己の意志しか反映させぬ贅沢な生活を営みはじめたのである。

ところが春も盛りになって困ったことが出来（しゅったい）した。

庭の物置の床下に猫が住み着き、発情期なのだろう、夜ごと野太い赤子のような声を上げはじめたのである。耕吉は常々、猫ほど疎ましい生き物はこの世にないと思っている。だいたいあの、人の器を計るような目つきはどうだろう。さらには、追い払うと一旦はそこを退くが、必ず少し離れたところで立ち止まって振り向き、「あんたさんを末代まで呪ってやりまっさかい」といわんばかりの恨みがましい日を向けるのも、肌が粟立つほど嫌だった。畜生のくせに、なぜなんでもお見通しだという顔をするのか。故に耕吉は物置に住む汚らしい斑（ぶら）の猫を追っ払った。しかし追い払っても追い払っても猫は我が物顔で物置に舞い戻り、夜ごとえげつない欲情の声を立てて、耕吉の睡眠を阻害した。

浅い眠りしか得られぬ夜を十日ほども過ごしたある明け方、耕吉の怒りは突如として、本人すら予期せぬまま極に達した。彼は寝床から起き上がりざま雨戸を開け、勢い庭に飛び降りて足下に落ちていた石を猫目掛けて渾身の力で投げた。脅かしてやるつもりであった。追い払うつもりであった。ところが石は思いがけず、まったく正確な直線を描いて飛んでいき、猫の顔面を直撃したのだ。ボソッと鈍い音を立てて石はその肉にめり込み、勢いに押し上げられるような形で猫は半間ほども飛んだ。ドサッと落ちて、ぴくりとも動かず横たわったままでいた。

耕吉は一気に顔色をなくした。ど、ど、と奇妙な声を上げ、裸足のまま二、三度ワルツのようなステップを踏んだ。手に掛けてしまった、畜生を手に掛けた。足の震えが腰から肩へと這い上がってくる。

ところがその刹那、死んだかと思われた猫が、ふらりと立ち上がったのである。そして耳の辺りから血を流しつつ、酩酊しているようなおぼつかぬ足取りで生垣の向こうににょろりと姿を消したのである。

——息を吹き返したところで、どうせすぐに死ぬだろう。

彼は、猫と同じようによたよたと座敷に這い上がった。足の泥も拭わず床に横になると、今の光景がまざまざと目の奥に浮かんだ。石が猫にめり込んだときの、ボソッという音が、生々しく耳に甦った。だんだん気分が悪くなるようだったので、楢の木の本箱を開けて一冊の本を取り出した。

「人並みにいろいろの道楽に耽った時代もありましたけれど、それがなに一つ私の生れつきの退屈を慰めてくれないで、かえって、もうこれで世の中の面白いことはおしまいなのか、なあんだつまらない、という失望ばかりが残るのでした」

何度となく読んできた愛読書、いや人生の指南書ですらある本の頁を懲りもせずに繰った。初めてこの一節を読んだとき、耕吉には退屈を埋めようとするこの男の心情がいっかなわからなかった。本来暇で退屈であることこそ至上の贅沢なのに、食っていかねばならんからつい忙しく走り回るハメになり、無念と叫びながら人生を終えるというのが人の運命（さだめ）であるのに、別に働く必要はないにもかかわらず躍起になって退屈を埋めようとする、こうした不毛な切磋琢磨はいったい人体の如何（いか）なる場所から湧き出てくるのだろうか。

ただ耕吉が惹き付けられたのは、そこから先であった。男がこの退屈を埋めるために考えたのは、人を殺めることである。それも善意を装った一言で、自ら手を下さず巧妙に殺人を楽しんだ。例えばこんな具合である。強情者の按摩（あんま）の行く手右側に、下水工事の深い穴がある。男は「危ないぞ、左へ寄った」と敢えて冗談めかした口調で忠告する。

と、按摩はひねくれた性格であるから「へへ、ご冗談を」と嘯いて右へゆく、そして呆気なく穴に落ちて死ぬのである。男は傍目にはなんら間違ったことをしていない。しかしこれは、按摩の性格を巧みに利用した見事にして残忍な殺人なのである。

耕吉は、このくだりを読むうち少しく落ち着いてきた。猫のことを頭から振り払い、再び布団に潜り込んだ。すぐに眠りに落ちた。

緒方老人がやってきたのは、その日の昼過ぎである。

明け方の盲動ですっかり疲れ、ぐっすり眠りこけていた耕吉は、来客を知って慌てて浴衣を直し、布団を部屋の隅に蹴り込んで、老人を招き入れた。お手紙も差し上げませんで急にお伺いして、と老人のほうが恐縮した。それから部屋を見渡し、懐かしげに目を細めた。耕吉は厨に立って湯を沸かしながら、水道で頭を濡らして寝癖を整える。茶を淹れて座敷に持っていくと、「先だってと役目が入れ替わりましたな」と老人は和やかに笑った。そう言われてこの家が自分のものになったのだと改めて耕吉は思ったが、今朝のことがあるせいか感慨は薄かった。

老人は茶を喫すると、世間話ひとつせぬうち唐突にある金額を言った。耕吉は、なんのことかと首の辺りを掻いたが、突然ハッと膝を打ち、

「あ、ここのお代で」

と間抜けに訊いた。緒方老人が訪ねてくるとすれば他に用件はないはずなのだが、老人の要求した額が少なすぎたのですぐにそれとは気

付かなかったのである。しかし一回につきこの額だとすれば、十回以上は老人の訪問を受けねばならんことになる。

「あの、ご足労いただくのも申し訳ないので、今全額お支払い致しましょうか」

耕吉は言ったが、老人はなんとも言わない。代わりに部屋の片隅に落ちている本に目を留め、

「ほう、乱歩の『赤い部屋』ですか」

と、深長な息を鼻から吐いた。耕吉は身を固くした。朝方読んだまましまい忘れていたのだ。緒方老人に内面を一つ、覗かれた気がした。

「でしたら、菊坂にある古本屋がよろしいでしょう。偏奇館と申します」

老人はまことしやかに言ったが、この「でしたら」がどこから続くものなのか、耕吉には見当もつかない。

「品揃えが他と違いますか？」

仕方なく話を合わせてみたものの、老人はうんともなんとも言わずに茶をすすっておるばかり。聞こえなかったのだろうか。しかしさして興味もないのに同じことを二度訊くのも面倒であったから、話はそれきりになった。

金を渡すと老人は、次の約束もせぬまま来たときと同じようにふらりと帰って行った。耕吉は目まぐるしい一日にぐったり疲弊して、再び床を延べて寝転がった。しかしよくよく振り返れば、猫に石を投げ、緒方の訪問を受けた以外は、ただ床の上にいたのである。

新緑の頃になっても耕吉は、半病人のように一日の大半を床の上で過ごしている。あれから緒方老人の訪問も受けない。お陰で誰とも口を利かぬ日がひと月以上も続いていた。飯は麵麭（ぱん）を焼いたものや握り飯で簡単に済ませ、『綺堂脚本集』だの『改造』だの部屋にある本を暇にあかせて読んだ。とはいえ彼は熱心な読書家ではなかった。寝ろと言われればいつまででも寝ていられたし、なにもせずにぼーっとしていることも際限なくできた。ただまあ、それにも飽いていよいよすることがなくなったときに、チラチラと気の散った書見をする程度のことである。

下宿にいたときはこうして日がな一日寝ていると婆やに小言を言わ

れ、さらにはそこから発展して人生の意義を問われるような大袈裟なことになったものだが、ここでは誰の干渉も受けない。また下宿では長く寝ていると自分の臭いが部屋に籠って膿んだようになったが、ここは南からの風がうまい具合に抜けるのでどれだけいても気がくさくさしなかった。

日暮れ近くなってようやく彼は表に出る。買い物ついでにあちこち冷やかし、公園などを見つけてはぼんやり座って流れていく時を眺めた。散歩の距離は日が長くなるのに呼応して伸び、耕吉は気の向くままに方々の町をそぞろ歩いたが、ここに唯一の不自由が生じており、それは過去にかかわった女の住む町だけは避けねばならんという枷（かせ）である。自分から岡惚れしたことはないにもかかわらず、女に執拗に言い寄られること再々という、酷(むご)い命運に彼はずっと辟易している。とはいえ決死の形相で迫ってくる女を無下にもできぬから、耕吉はどの女ともそれなりに関係を持った。拒むのが面倒だったのである。そしてふた月、三月とつき合うとどんな器量好しでも決まって飽きた。別れ話をするのが面倒なので、下宿を引き払い、仕事も辞めて、姿をくらますことをもって一方的にかかわりを解消してきた。芝、浅草、神田、大森の辺りには死屍累々、女たちの恨み節が呪文の如く聞こえてきそうで近寄るのも怖い。そう考えると馴染んだ女のいない土地にこうして手頃な家を見つけることができたというのはまさに幸運、なにかしら神懸かった力が働いてのことだろうと彼は密かに鼻を高くした。

赤門の側を通りかかると、本を小脇に挟んだ学生が初々しく闊歩している。

——ご苦労様だ。

耕吉はその集団を憐れを含んだ目で見遣り、すると見ただけで疲れが出、すべての若々しさから逃れるように裏道に入った。日の当たらぬ道をくねくね歩くうち方向感覚を失い、さて困ったぞ、茗荷谷へ帰るにはどっちへ向かえばよかったろうか、と立ち止まって唾をつけた人差し指を風にかざすなどしているその横に、聞き覚えのある屋号を見つけた。

「偏奇館」と書かれた木彫りの看板である。

これはもしや、緒方老人の言っていた例の古本屋ではあるまいか。

彼は恐る恐る引き戸を開け、

「あのう、ここは菊坂でよろしいんでしょうか」

と、おかしな問いかけをした。猛烈な黴(かび)臭さに目と鼻をやられ、激しくしばたたかせた目に、丸眼鏡のオヤジがひとり店番をしているのが映った。オヤジは耕吉を一瞥し、顎を引いた。どうやら頷いたらしい。なんという偶然、これが菊坂の偏奇館か。耕吉は寝癖を隠すためにかぶっていた鳥打帽をとり、早速店に足を踏み入れた。並んだ蔵書をしばらく見るうち、なるほど、と唸(うな)った。緒方老人に対してである。絶版でもう手に入らぬ本、豪華本、限定本など市井の本屋・古書店では滅多にお目にかかれぬ稀少本が埃(ほこり)をかぶって折り重なっていたのである。オヤジは存外目利きなのかもしれぬ。しかし整理が悪い。耕吉は本を一冊手にするごとにセイウチの鳴くような声で咳き込み、もうもうと舞い上がる白いものを片手で払わねばならなかった。

彼はここで小一時間ほど過ごした後、『岩野泡鳴と私と隣の馬鹿』なる私家版らしい珍妙な本――これは標本箱の如き大きな桐箱に入った図鑑のようなものだったが――を手に取り、値段も見ずに会計に持っていった。何しろ金は生涯食うに困らぬほどあるのだ。オヤジは眼鏡を持ち上げて裏表紙に書かれた値を確かめた後、驚くほど安い金額を口にした。

「いいんですか、そんなに安く」

しかしオヤジは、業突（ごうつく）なのだろう、なんとも応えず、机の上に開いていた読みさしの本に突っ伏すようにしている。買う側が安いことを責める道理もないから、耕吉はその代金を払ってすごすごと店をあとにした。

図鑑のような本を抱えて茗荷谷まで歩いたものだから、耕吉のか細い腕はプルプルと情けなく震え出し、家の丁字路に続く階段を上るのも、途中で何度も休憩を取らねばならなかった。ようやっとてっぺんまで行き着き、老爺の如くかがめていた腰を伸ばした刹那、彼は「あっ」と奇声を発した。

猫である。てっきりどこかで死んでいるだろうと思われた、あの醜い斑の猫が路地の草をはんでいるではないか。見れば、耳の下辺りに小さな傷がくっきり残っている。間違いない。彼は石畳を蹴散らかして家に戻ると、買ったばかりの本を上がり框に放り投げ、薬品箱から軟膏（なんこう）の瓶（びん）を引っ摑んで表に飛び出すや、今度はそろそろと音を忍ばせ猫に近づいた。そうしてすぐ近くまで寄ると、人生の大半を寝て過ごしてきたとは思われぬ機敏さでこの畜生を抱き取った。意外にも猫は暴れず、大人しく耕吉の腕の中に収まった。おそらくあのときの打ち所が悪かったのだ。耕吉が仇（かたき）であることも忘れ、猫のくせに牛のように草をはんでいる。ともかく彼はここで会ったが百年目とばかりに軟膏をたっぷりすくうと、猫の額に擦りつけた。ミューと力ない声を畜生は上げた。こうして一度でも罪滅ぼしをすれば、少なくとも自分の後生は悪くない。これで勤めは果たした。あとはどうなっても知らん。長嘆息して、猫を放して立ち上がる。

と、女がひとり、路地の向こうに立ってこちらを窺っているのに気付いた。女はきれいに整えられた当代風の巻き髪、しかしその髪型を迎え撃ちでもするかのような時代錯誤を極めた和風な顔立ち、和風といえば聞こえがいいが、糸蚯蚓（いとみみず）がのたくったような目をした白壁然としたのっぺり顔である。派手な銘仙の着物も、完膚無（かんぷな）きまでに似合っていない。近所の者だろうから耕吉は笑いを堪（こら）え、チラリと会釈だけして家に入った。ややあって少し離れた家の戸が開いて閉じる音が聞こえた。そうか、この二軒先の若夫婦というのの、女房があの糸蚯蚓かもしらん、と耕吉は万年床に寝そべりながらそんなことを思った。

あれから何度か、耕吉は偏奇館に通った。

ここは存外わかりにくい。菊坂を何度往き来しても見つからず、路地に迷い込んで方向を失い、「もういいや、帰ろう」と諦めた矢先にひょっこり出現するのが常であった。妙なものだ。行くたびに、場所が少しずつずれているような気さえする。しかし品揃えに個性があったし、だいいち埃をかぶってぞんざいに置かれているわりには、本自体には染み一つなく、紙魚虫（しみむし）の潰れた跡や日焼けの黄ばみすら皆無なのも耕吉は気に入っていた。

二度目か三度目に訪れた折、本の金を払いながら「この店名は永井荷風の麻布の家になぞらえておるんですか」と耕吉は訊いた。オヤジは途端に表情を険しくし、

「名をつけたのは、私どものほうが先でさ」

と、見かけからは想像もつかぬ、やけにシャキシャキとした江戸弁

で返した。どうせ荷風の江戸趣味を真似ているのだ。ならば、変なところで見栄を張るのはよしたがよいものを。耕吉は思ったが、それ以上話を続けるほどのこともないので、とっとと支払いを済ませ引き上げた。帰り道、あのように死人の如き覇気のない男にも五分の自尊心があるのか、と妙に感慨深く思った。

その夜耕吉は、馬鹿の一つ覚えよろしく『赤い部屋』を開き、火事の現場で子供を求めて泣き喚くどこかの細君の耳元で、子供はまだ中にいるのです、ほら泣き声が聞こえるでしょう、と囁いて火の中に飛び込ませ、焼死させる下りを背筋をどよめかせながら読んでいた。

と、モクモクッと表の半鐘が鳴り、彼はヒッと悲鳴を上げて飛び上がった。もう八時を回っている。緒方老人か。他に耕吉を訪ねてくる者はないのだ。そういえば一回金を取りに来たきり再見していない。しかし不意打ちにも程がある、こんな時間に困ったものだと渋々玄関を開けると、薄闇に女がひとり立っている。あの、糸蚯蚓夫人であった。

「あいすいません、こんな夜分に失礼かとは存じましたが」

女はうつむき、手にしている鍋に話しかけるように言った。

「作りすぎましたので、お裾分けをと思いまして」

言うや、蚊の鳴くような声とは裏腹に、妙に強引な手付きで耕吉に鍋を押しつけた。筑前煮の香りが漂った。彼はこれで晩飯が助かったと安堵しかけたがさすがにこんなものをもらう謂われはないように思って、「いえ、あの、引越しのご挨拶もいたしませんで」としどろもどろに返す。女はますます身をすくめ、「こちらこそ」と恐縮するばかりで要領を得ない。といって「なぜ鍋を？」と直截に訊くこともできぬから、耕吉もやむなく沈黙した。女もしばらく黙っていたが、静寂に堪えられなくなったのか「お優しいのね」と突拍子もないことを言った。

「は？　なにが、でしょう？」

「野良ちゃんですわ。介抱してらしたでしょ。私もあの子を見かけるたび気になっておりましたの」

「野良ちゃん」とはぜんたい何を指すのか。女はぼんやりしているので耕吉に笑いかけ、とはいえ、糸蚯蚓がうねりと一度動いただけなので本当に笑ったかどうかは定かでないが、「今度宅にお寄りになって」

と言い残し、下駄の音をカラカラさせて帰って行った。
戸を閉めてから耕吉は、「野良ちゃん」というのがどうやら先だっての猫を指すらしいことに思い当たった。首筋がゾワゾワいった。ちゃぶ台の上に乱暴に鍋を置き、しばらく鍋に背を向けて寝転んでいたが、腹は減っていたし、このまま筑前煮を捨てるのも面倒なので、むっくり起きあがって鍋から直接食らった。

翌日、鍋を返しに行くと先方は幸い留守である。また返しに来るのは面倒だし、そこで世間話の二、三もしなければならないとなると厄介だから、耕吉は玄関先に鍋を置いておくことにした。さすがに地べたに置くのは気が引け、戸の横に出っ張った釘に取っ手を引っかけた。

しかし礼も言わず、「お返しに」となんらかの品物を用意するでもなく、袱紗にも包まず空の鍋だけ引っかけておけば、糸蚯蚓夫人も呆れてもう自分とかかわろうという気など起こさぬだろう。彼はせいせいした気分で、また偏奇館へと向かった。

その日はじめて耕吉は、偏奇館の奥の壁にある潜り戸を見つけた。今までまったく気付かなかったのが不思議なほど、それは特殊な存在感を放ってそこにあった。

「あれぇ、書庫ですか？」

耕吉が訊くとオヤジは「お入りになりますか？」と目も合わさず言う。店に置かれているものよりも稀少な本が眠っているかも知れぬと思えば、ちょっとした興味も湧く。どうせ暇だ。

「じゃあ、ちょいと覗かせていただきます」

言うと、オヤジは腐りかけた座布団から立ち上がり、戸の閂（かんぬき）を外し、そしてまたぞろ自分の読んでいた本に目を戻した。耕吉は入ってよいものか戸惑った後、ひとつ会釈をしてこそこそと中に入った。そして即座に落胆した。なんのことはない、中はただのがらんどうだ。オヤジ、それと知りながらなんだってかような意地の悪いことをするのか。珍しく憤然として、「空ですよ！」と戸の外に声を掛けるが、オヤジの返事はない。まったくとんだ徒労である。いくら暇でも徒労だけは避けたい。ムッとしたまま下駄を鳴らして表に出ようとしたとき、薄暗い部屋の壁を魚の鱗（うろこ）のように覆い尽くしているものが目に入った。

幾多の小さな紙片が貼ってある。

しかもそれぞれの紙片には、さまざまに筆跡の異なる文字がぬろぬろと踊っているではないか。

「内田陽蔵。要領が良すぎる。あれは男の風上にもおけん」

「花岡洋子を愛している」

「神岡仙吉の食い意地は汚い」などなど。

中には黄ばんで朽ちかけている紙もある。怨みつらみを書き連ねたものもある。気味が悪い。得体の知れぬ存念が渦巻いているようで。

そそくさと潜り戸を出て、

「ぜんたい、なんの部屋です？」

と、オヤジに訊いた。

「さあ、私もてんでわかりませんで。うちの奴が酔狂でやっているものですから」

不得要領な答えである。だいたいこの男の妻が店に来ているのを見たことがない。「ああ、もしなにか書かれるならご自由にどうぞ」。オヤジは言い、筆と紙切れを耕吉に渡した。促されるままに耕吉は、それを持ってもう一度小部屋に入った。しばしつくねんと部屋の中央に突っ立った。しかし書くべきことはなにも浮かんでこぬ、そのうち、もともと書くことなぞなかったことも幸い思い出し、潜り戸から外に出た。筆と紙切れをオヤジに返し、「どうも」とだけ言って店を辞す。「またどうぞ」というオヤジの声が背中に聞こえた。オヤジがはじめて、商売人らしい声を掛けたのである。

　陽が落ちてから茗荷谷に戻ると、家の前の路地に人だかりがしている。火事でもあったのか、と耕吉は人混みを押し分け、伸び上がって自分の家を見た。家は無事だった。人垣の中には警官らしき男も数人おり、ひどく物々しかったものの、しかしまあいい、うちが無事なら他はどうでも、と彼は人混みをすり抜けて木戸を潜ろうとし、そこで警官らしき男となにやら話している糸蚯蚓夫人と目が合った。いや、本当に目が合ったかどうかは疑わしい。しかし糸蚯蚓夫人は耕吉を見つけるや、警官を振り切り険しい顔で彼に突進して来るではないか。

　――やっ、筑前煮の鍋か？

　耕吉はついさっきまですっかり忘れていた、玄関前に引っかけておいた鍋のことを卒然と思い出した。そして、逃げるように家の格子を跨(また)ごうとした。さしもの耕吉も、公衆の面前で不調法を面罵(めんば)されるのは避けたい。しかし糸蚯蚓夫人は見かけによらず敏捷(びんしょう)で、またたく間に耕吉に追いつくやその腕をむんずと摑み、思いがけない力で彼を表に引きずり出した。耕吉はままよと開き直って路地に立ち尽くす。すると夫人は意外にも、「ありがとうございます」と甲高い声で言って、頭を下げたのである。まったくもって狂態である。あの斑猫のように打ち所を悪くして、少しく気が狂ったのやもしれん。人々の目が耕吉に集まった。彼はこうして人から注目されることを、この世でもっとも厭(いと)うている。

顚末は、こういうことだった。

刑事だと名乗る、しかし果てしなく風采の上がらぬ初老の男が耕吉に語って聞かせたところによれば、この糸蚯蚓夫人の留守中、鍵をかけ忘れた北の小窓から泥棒が入ったのだという。コソ泥は部屋中をあさり、胴巻だのおそらくいくらにもならんだろう髪飾りだの着物だのを盗み、また北の窓から出ればいいものを、こんな品々を手にして窓から出るところを見つかればコソ泥だと思われるに違いあるまいとコソ泥のくせに考えたらしく、何食わぬ顔で玄関から出ることにした。さも家人を訪ねた客のように「それではお邪魔致しました」なんぞと小芝居までしながら。ところが尻から玄関を出た拍子に、カンカーンと鐘が鳴るような音が響き渡り、コソ泥は正体もなく飛び上がった。

鍋である。

耕吉が適当に引っかけておいた鍋がコソ泥の尻に押されて落ち、傘立ての代わりに使っていたヒビの入った火鉢を直撃、さらに石畳に思うさま打ちつけられたのである。音は静かな路地に尋常ならざる衝撃をもって響き渡り、何事かと幾人もの住人が顔を出した。コソ泥はごまかそうとした。しかし彼は、自分が思っているより遥かに、コソ泥然とした風貌を持っていた。両手一杯の荷物も怪しかった。あっという間に御用となった。糸蚯蚓夫人の家はめでたく窃盗の被害を免れた——そんなろくでもない経緯であった。

その夜、騒動が済むと耕吉は、無理矢理糸蚯蚓夫人宅の座敷に引き入れられた。女房より一回りは上だろう恰幅のいい亭主も勤めから帰っており、耕吉はこれを相手に一献傾けるという非常事態に陥った。酒はまあ旨かった。しかし至る所に夫人の手作りらしい人形の飾られ

たその部屋にいるのは、拷問に等しかった。亭主は一通り礼を述べたあと、

「昨今はどうも困った輩が多いですな。一時の不景気は止んで、もうすっかり合理化の時代、科学の時代に入ったというのに、まだそんな泥棒なんぞという前時代的なことをする能なしがおるんですな」

たかだかコソ泥に入られたという事象を、なにか世相的なものに結びつけて大袈裟に語り出した。さほどに合理化というのなら、まず窓の鍵をかけ忘れた女房の不用心を叱責したほうがよい。耕吉の腹の中の不快が顔に出たのかもしれない。

「私はすぐそこの理化学研究所に勤めておるものですのでね、つい話が理論めいてしまいまして、いやはやこれは失礼致しました」

と、亭主はそんな自慢芬々(ふんぷん)の言辞をもって恐縮の言葉と代えた。

「ほんとに困るんですのよ、主人には」と厨でなにやら煮炊きしている糸蚯蚓夫人が声だけで会話に加わった。困ったとは言い条、さして困った様子もなかった。

「私が『理研』に入ったのも、原子核模型の長岡先生、かの人に憧れましてな。いやあ、これほどやりがいのある仕事もありませんぞ。『理研』は素晴らしい職場です。人生というのは、やりがいを持つと、かくも大きく開けていくものなのですな」

耕吉は、鼻でもほじりたい気持ちだった。亭主が「理研」という部分をやたらと強調するのも鬱陶(うっとう)しかった。なんとかこの座を逃れる方策を、ただちに打ち立てねばならない。

糸蚯蚓夫人が、色とりどりの刺繍を施した、やはりこれも手作りらしいのれんを分けて肴を運んできた。薄く切ったパンにドロドロと血糊の如く赤いものを入れた皿である。

「野いちごのジャムですの、召し上がって」

「うちの奴の手製でね、評判がいいんですよ」

酒の肴に、ジャム。耕吉は慎重にジャムを見、亭主を見、夫人を見た。ふざけている様子はないようだった。

「そういえば、まだお名前も伺ってませんでしたわね」

糸蚯蚓夫人が言った。

「あ、吉川といいます」

「吉川さんね。下のお名前は？」

「え？　まあ耕吉ですけど」

「どういう字をお書きになるの？」

耕吉は助けを求め、亭主を見遣った。そこにはニコニコと耕吉の答えを待つ男の顔があった。

「〝耕す〟に、〝小吉〟の吉ですが……」

「素敵ね。お勤め？　それともまだ学生さん？」

四十男を捕まえて学生もないだろうと耕吉は唇を揉む。

「いえ、もうとっくに学校は上がっております」

「あら、とっくって。まだお若いのに」

「若い？　いいえ、もう不惑ですよ」

うっかりそう言ったときの女の驚きようといったらなかった。まさか、あなたと同い年？　と白目を剝いて亭主を見、それからまじまじと耕吉の顔を見た。そこから三十分ほど「見た目より年を食ってる」とひとことで言えば終わることを、乏しい語彙をやりくりしながら延々繰り返した。耕吉は気の遠くなる思いでその時間に堪え、堪えながらも輪っかの中で走り続ける独楽鼠（こまねずみ）の姿を連想した。やっとのことでその一寸の意味もない会話に一区切りついたとホッとすれば、今度は亭主が思い出したようにジャムを勧める。

「遠慮せずにどうぞ。西洋風の料理がこれは得意でね、いずれ店でも出しちゃどうだと言ってるんですよ」

耕吉は渋々、腐ったトマトのような赤いドロドロを舐めたが、氷シロップに砂糖を流し込んだようなひどい代物でちっともうまくはない。

そういえば先だっての筑前煮にしてもいやに甘ったるかった。

「お店なんて、私には無理だわ、正式に勉強したわけじゃあないし」

糸蚯蚓夫人はなぜかもじもじ身体をくねらせている。それにしてもかほどに山の手言葉が似合わぬ女も今時珍しいだろう。

「だから手作り風の店でいいんだよ、縄暖簾（なわのれん）じゃあないんだから、主婦が工夫を凝らして出す店がこれから増えていくと僕は思うよ。三宅やす子の『未亡人論』をこの間読んで聞かせたろう。婦人も自活が大事だよ」

耕吉は口中に貼り付いたジャムを辛口の吟醸酒ですすぎながら、「手作り風」でなにかするくらいなら、いっそなにもするなかれ、と腹の中で呻（うめ）いた。

「ところで吉川さんは、どちらにお勤めですの？」

「いえ、まあ。居職(いじょく)です」

面倒になって適当に答える。

「居職ということは、もしかして作家さん？　画家さん？」

「さん？……ええ、まあ。おっとこんな時間だ。私はそろそろお暇(いとま)致します」

「あら、まだいいじゃあないですか。居職ってなにかしら、意地悪しないで教えてくださいな」

亭主も笑みを浮かべて耕吉を見ている。

「いえ、語るほどの仕事でもありませんから」

「でもとても学識があるようにお見受けするわ」

「なにもないです学識なんぞ。ともかくあまり遅くまでお邪魔するのも悪いですから」

「いいえ、学識はあるわよ、私、なんとなくわかるの」

耕吉の頭に、ちらりとあの『赤い部屋』の表紙が浮かんだ。

「ねえ、なにをなすっているの？　居職なんて面白そうね。それで昼間おうちにいらっしゃるのね。でも夕方は決まって出掛けますわよね」

耕吉は「え」と息を呑み、急に恐ろしくなって立ち上がった。引き留める夫婦を振り切って下駄をつっかける。「あら、あら、あら」と女は上がり框まで追ってきた。「また寄ってくださいましね」。糸蚯蚓夫人の上品のめした声が背中にひやっと貼り付いた。

耕吉はそれからしばらく、昼間から外に出て過ごすようにした。家におればどこからか糸蚯蚓夫人がジッと息を詰めて様子を窺っていそうで気味が悪かったのである。

パッと華やいだ気晴らしがしたい。俺はもう自由なはずなのに。

耕吉は、白山のほうに足を延ばした。長久亭という寄席があると聞いていたので、たまには噺（はなし）か浪曲でも聞こうと目論んだのだ。が、行ってみると震災で潰れたのか、跡形もない。気落ちしたものの、それでもこの辺りは芸妓屋だの待合茶屋だのがひしめき合っており、居心地がよろしい。

「恋に絃（いと）の音柳町（ねやなぎちょう）、浮かれて通う燕の口舌（くぜつ）も痴話も久堅町ちぎり縁や餌差町」

耕吉は機嫌良く唄いながら白山辺りをぶらつき、しばらく遊んでいこうかとも思案したが、座敷にあがって瞽女(ごぜ)を呼ぶようなことも面倒だったので、芸妓屋の並びにある団子屋で一服した。みたらしを二本頼んで一息ついたところで、

「皿や串をそんなに舐めるんじゃないよ！　他のお客さんが不愉快な思いをなさるだろう」

女の怒鳴り声がして、耕吉を驚かせた。見ると、店の主らしき女が体格のいい詰襟姿の男に文句をつけている。男は常連らしく、縮こまってはいるがさして反省の様子もなく、すまんすまんと言い、店中の注目を集めているのに一向気にせぬ風に笑いながら、机に金を置いて

立ち上がった。

「あ、神岡さん、お忘れ物」

そのときお運びが男を呼び止め、座席に置き忘れた紙袋を渡した。

――神岡。

どこかで聞いた名である。いや、でもあんな知り合いはいない。耕吉は首をひねりながら団子をかじった。と、すぐ背後に座った学生らしき男二人連れが、こんなことを囁き合ったのである。

「おい、聞いたか？　神岡といったぜ」

「あの偏奇館の男だろうか？」

偏奇館？

そうか、あの隠し部屋の紙に書かれていた「食い意地が汚い」男のことか。耕吉はそっと背後を振り返った。二人とも見たことのない顔であった。もっとも偏奇館で他の客に会ったことはないから当然といえば当然である。神岡。あの紙に書かれたことは事実だったのか。しかも存外、いろんな人間があの部屋を利用しているということか。

お運びが、神岡の食い散らかしたと思われる皿を持って耕吉の前を横切った。ザッと見たところ串が二十本近く。よくぞ食うた。感心するうち彼は、ある妙案を思いついた。

耕吉は次の日早く家を出、菊坂へと急いだ。昼前であったが偏奇館はすでに開いていた。重畳(ちょうじょう)である。「ちょいと御願いします」とオヤジに言うと、心得たものですぐに小部屋に続く戸の閂を外してくれた。耕吉は部屋に駆け込んだ。神岡に関する紙片を見ると「白山の団子屋にて十八本のみたらしを食らう」という紙片がもう加わっている。あれは十八本であったか。それにしても『坊っちゃん』よろしく神岡は衆人環視のもとにあるのだ。痛ましい。

耕吉は、早速持ってきた紙片を取り出した。糸蚯蚓夫人と亭主のことを悪し様に書いてやろうというのである。そうすればふたりは小さくなり、よもや他人に進んでかかわろうなどと思わなくなるだろう。

耕吉は鉛筆を舐めた。さっきまで書くべきことはごまんとあるように思われた。ところが、いざ字面にしようとするとあの夫婦の気味悪さを的確に表す言葉が見つからないのである。彼はその場にしゃがみ込んで考えた。

ジャム、甘い、干渉、しつこい、山の手言葉、糸蚯蚓。

しかしいずれの言葉も神岡の大食いのように、彼らを端的に表すには至らなかった。

耕吉は黙々と二時間ほども言葉を練り続けた。ついには悄然として鉛筆と紙片をしまった。嘆息して立ち上がった途端、ふと思いつく。別段、あの夫婦を貶める必要はないのだ。ただ、彼らと縁が切れればいい話だ。耕吉は再び紙と鉛筆を取り出し、こう書いた。

「吉川耕吉。かかわると災難に見舞われる疫病神。何人（なんぴと）たりともかかわるべからず」

彼は迷わずそれを壁面に貼り付けた。どうかひとりでも多くの人間がこれを見、「悪事千里を走る」の譬（たと）え通りこの本郷小石川白山全域に評判が広まりますように。耕吉は祈るような心持ちで、偏奇館をあとにした。

彼はその後しばらく家に落ち着いた。もとはといえばそのために買った家である。しかし書見をしていると必ず、糸蚯蚓夫人が糞まずい料理を差し入れてきた。彼女はおそらく自分の料理を「旨い」と褒められることを待ち望んでいるのだろう。その細い目から表情を読み取ることは至難の業だったが、そんな気配が色濃く漂う。だからこそ、糸蚯蚓の料理だけは絶対褒めまいよ、と彼は心に誓った。そうすればいい加減諦めて差し入れもよすだろう。実際褒められたものではないのだ。食うに堪えぬものなのだ。たまには食った。しかし大概は、庭に植わった柘榴（ざくろ）の木の下に埋めて肥やしとした。

糸蚯蚓夫人は一度、「御本をたくさんお読みになるのね。いえね、お隣にお邪魔したとき庭越しにお部屋が見えてしまって」と言って、彼をゾッとさせた。「よほどお勉強が好きなのね」。笑った前歯の一本だけが黒ずんでいた。

耕吉は鬱するたびに偏奇館の小部屋に入る。「神岡」に関する紙片は順調に増えている。「団子十八本」の隣に「蕎麦と親子丼、その上天ぷらを食った」、さらに「あんこ玉三十個」。胸が悪くなる。しかし耕吉に関する反応は皆無である。彼はまたひとり紙片に書きつける。

「吉川耕吉。女を平気で捨てる極悪非道の男である」

「吉川耕吉。奴の歩くあとにはぺんぺん草も生えぬ」

虚しい。悟りを開きたい心境になり、店で詩経の本を二冊ばかり買う。オヤジが包む間、手持ち無沙汰で店内を見回していた耕吉は、以前の会話を思い出し、「ぜんたい奥さんはなぜこんな小部屋をお作りになったんです？」と問うてみた。オヤジは手元から目も上げず、「人の考えることなんぞわかるもんですか」と突き放すように返した。

せっかく気儘に暮らすつもりが、下宿より窮屈なことになった。今度緒方老人が来たら、あすこを越したいと持ちかけてみようか。先に払った金はこれまでの賃料として収めてもらうことにすれば、老人はなにも損はしない。文句もなかろう。しかし、あれはどいい家が他に見つかろうか。その上、頼みの緒方は一向に来ないのだ。よもや死んだというようなことはあるまいな、と耕吉は不安になったが、老人の所在を知らぬから確かめようもないことだった。

耕吉はその日も、「避難」のために表へ出た。と、木戸に、風に飛ばされたらしき一枚の紙がバタバタ音を立てて貼り付いている。引きはがして見てみると、数字と欧文が虫のように細かな字で一面に書きつけられている。どうやら書類かなにかのようである。なんだ面白くもない、と放り投げようとして、耕吉はファッと妙な息を鼻から抜いた。

「理化学研究所」

確かに紙の端にはそのような印字がしてあった。耕吉は素早く周りを見回すと、紙を胸に抱いて玄関をあがり、そのまま部屋を突っ切り庭に降りた。ポケットに入れっぱなしになっていたマッチを取り出して擦り、ためらうことなくその紙に火をつけた。ボッと一瞬で燃え上がり、すぐにシュンと灰になった紙を見下ろしながら、「これで縁が切れる」とほくそ笑んだ。

しばらくぶりに気分がよい。夏にしては湿気の少ない涼やかな口和である。耕吉は開襟シャツに綿のズボン、下駄履き姿でふらりと散歩に出た。白山三業地もそろそろ飽いていたから、久堅町辺に歩を進めた。安閑寺の横から御殿坂を行くと、こんもりと盛り上がった森が出現する。

「ここが御薬園か」

耕吉は江戸の頃の呼び名をわざわざ用いて粋を気取り、角の煙草屋で入場券を求めて植物園の中に分け入った。ワンワンという蟬の声が全身に降り注いでくる。花壇の花々を眺め、銀杏だの桜だのが思うさま枝を広げる間を通り過ぎ、そうするうちに耕吉は、あの夫婦のことだの緒方老人に家を返そうと思っていたことなどが、どうでもよく思えてきた。有り体に言えば、陽気と緑に惑わされ、なんの解決もされぬのに、抱えていた問題がすべて片付いたように勘違いしたということである。

園内の大きな池の近くには糸を垂らしてザリガニを釣っている子らがいる。どうだ、うまく釣れるか、とすっかり身軽になった耕吉は子供らに話しかけた。

と、かがんだ頭頂部にべったりとした視線を感じ、彼は恐る恐る顔を上げた。池の向こうに日傘をさした女が立っており、耕吉を、雀に飛びつく直前の猫のような目つきで睨んでいる。とっさに糸蚯蚓大人かと身構えたが、違う、知らぬ顔である。おそらく子供らの母親なのだ。私は怪しい者ではありませんよ、とばかりに耕吉は、子供らがわらわら群がりバケツの中の釣果を見せてくるのを無視して、池に背を向け歩き出した。ところが足音が追ってくる。シュッツシュッツと草履が草を擦る音がどんどん近づいてくる。しかも尋常ならざる速さである。耕吉は足を急がせた。なにかいかんことでもしたろうか、子供たちに声を掛けただけですが。足音は鬼気迫るものがあり、耕吉は逃げる謂われはないのだけれど、恐怖の余りほとんど駆け足になって植物園を突っ切ろうとした。しかし無駄なあがきであった。ぐいっと肘(ひじ)を摑まれ、恐ろしい力で振り向かされ、そこにはやはり日傘女が凄まじい形相で立っていたのである。

「別段なにも、私は子供に釣りの塩梅(あんばい)をですね」

釈明を待たず、女が「耕吉っつぁん！」と叫んだから、彼は虚をつかれ「え？」とえずいた。近くで見ても女の顔には見覚えがなかった。どこかで会ったといえば会った、会っていないといえば会っていない、そういう半端な顔立ちを女はしていた。右の口元から顎にかけて涎(よだれ)のように黒子(ほくろ)が連なっている。鼻のてっぺんにもイボのような黒子がある。しかし全体にはからくり人形の唐子を彷彿とさせるどこにでもある顔である。

「耕吉っつぁん、あたいや、浅草の米子(よねこ)や」

女は耕吉の二の腕をむんずと摑んで絶叫した。追いついた子供らも、バケツを持ったまま耕吉を見上げている。

「覚えてへんのんか。七年前、あんた、ふっつり姿を消したさかい、あたいは夜も眠れへんかったんや」

ああ。と、耕吉の口から曖昧な溜息が出た。吉原で幇間の真似事をしていたときにつき合っていた女である。確か三週間ほどで飽きて、これを捨てるのと一緒に仕事も辞めて姿をくらましたきりだった。女がかなり熱を上げていたのをいいことに、金もいくらか借りていたはずである。女にすれば恨み骨髄であろう。耕吉はさすがにこの難局を切り抜ける手立てが浮かばず、降参といった体(てい)でうなだれた。責めればいい。愚弄すればいい。思うさま。それで気が済むならどうぞそうしてくだはい。

しかし女は何故か深い溜息をつき、涙を溜めて耕吉の腕をさするのである。

「やっぱり、あたいの踏んだ通りや。あんた、記憶喪失ゆうのになったんと違うか」

話が摑めず耕吉がぼんやりしていると、女はますます涙で声を詰まらせて、あんたぁ、あんたぁ、やっぱりそなんやなぁ、とすすり泣き、一方的に問わず語りをはじめた。

耕吉がいなくなったその日から、女は血相を変え、芸者仲間にも手伝わせ、愛する人の消息を嗅ぎ回った。ひと月ばかりは仕事にならなかった。しかしいくら身を粉にして捜しても一向行く先がわからない。あれほど仲睦まじかったのに、いきなり出奔するはずもない、人のいい耕吉のことだ、なにかとんでもない厄介に巻き込まれたのと違うだろうかと仲間たちは案じた。無論彼女も、そうとしか思えなかった。誰かと間違われ、簀巻(すまき)にされて海に沈められたかもしれぬ、と恐ろしく具体的な憶測を口にする者まであった。彼女は警察に駆け込み、ここ最近の事件をあさった。耕吉らしき被害者は出ておらなかった。だったら神隠しに遭ったのだ、と周りは口を揃えて言った。しかし彼女はどこぞでこけて打ち所を悪くし、記憶を失ったのだ、と考えた。神隠しに遭っても耕吉っつあんなら気力一つで戻ってくる、そう信じていたからである。そして今月今夜ここで会って、耕吉の様子を見てまさにそれと確信した――。

今の時代に神隠し、しかもいい大人を捕まえてなぜそんな憶測を周りの人間たちが立てたのか。またこの女にしても、頭をぶつけて記憶をなくすといった万に一つの可能性に掛けるより、単純に捨てられたと考えるほうが妥当ではなかったのか。しかし耕吉は、黙っていた。一から諭すのも面倒だし、ここで一悶着起こるのは避けたかったからである。

「やっぱりそやったんやな。悪いことしたなぁ、あんたっ、捜せないで御免してなぁ」

女は立ちつくすだけの耕吉の頰をさすりながら、咽び泣く。確かこの女は耕吉よりも十ばかり年が下のはずであった。女はそれから、耕吉失踪の後、面倒を見てくれるという旦那に落籍されて、今はこの近くで商売人の女房に収まっていること、そこでザリガニを釣っている子供のひとりは自分の子だということを喉を引きつらせながら語った。

「あんたが、あの子に話しかけるなんてそんな偶然があるんやな。なんぞ感じるものがあったんやな」と勝手なことを言って悦に入った。

耕吉はただ、うんうんと頷き、仕方なく「よく覚えていないんだが、ともかく俺のことは心配おしでない、なんとかやっているから」と殊勝なことを言ってのけた。

「あんた、今どこにおるの？」

「いや、そいつはよしましょう。もうお姐（ねえ）さんは立派な亭主がある身、僕とかかわっちゃあよくないですから」

耕吉はそう言って追及を逃げ、痣（あざ）になるほどぎゅっと二の腕を握っている女の手を渾身の力で引きはがした。

「じゃあ、僕は行きます。お姐さんもどうぞ達者でいてください」

耕吉がひとつ頭を下げると、女はそこに泣き崩れた。子供らが「どうしたの？　なんで泣くの？」と女を囲む。耕吉はこの隙に、とばかりに踵を返し、どうぞもう追ってきませんようにと祈りながら一散に逃げた。頭の中では大森でボイをしていたときに夜会で聴いた『禿げ山の一夜』が鳴り響いていた。

「耕吉っつあーん！」

女が、田舎芝居の幕切れの台詞めいたものを喚いた。耕吉は無論振り向かない。一層足を速めながら顎をひねった。

——俺はなんだってまた、あんな醜女と付き合う気になったのだ。おそらくあの女のことも、面倒臭くて断り切れなかったのだ。

植物園を這々の体で脱出した後、そこが泉鏡花の『外科室』で主人公の青年が美しい人妻を見かける舞台であることを、彼は思い出した。余計に気が塞いだ。

疲労しきって茗荷谷に辿り着いた夕刻、件の亭主と丁字路でばったり会った。亭主は驟馬（らば）が水を飲むときのような格好で薄暗い地面に目を凝らしている。耕吉は、植物園の騒動ですっかり忘れていた、例の書類の一件をはたと思い出した。千載一遇。どんよりしていた身体の隅々に再び生気が甦ってきた。

「なにか、お探しものですか？」

耕吉は亭主の頭上から、声を掛ける。亭主は、よほど夢中になっていたのだろう、ビクッと跳ねうって腰を伸ばし、耕吉を認めると律儀に挨拶をした上で、今朝方出勤のときに大事な書類を一部落としたようでして、と気まずそうに語った。

「落としたとしたらこの辺りのはずなんです。一度鞄から出して中身を改めたのがここだったものですから」

やはり、と耕吉はほくそ笑んだ。

「お手伝いしましょう。そいつはどんな書類です？」

「私の汚い字で暗号めいたものがつらつら書き連ねてあるだけなので、どうとも言えぬのですが、しかし『理研』指定の用紙を使いましたのでね、紙の端のほうにそんな印字があると思うんですよ」

耕吉はしばし思案するような小芝居をした。それから手の平をポンと叩く猿芝居まで付け加え、「それは昼前に私、見ましたよ。罫線の引かれた用紙に理化学研究所と印字してあったが」と声高に言った。

亭主の顔がサッと明るくなった。

「それです、それです、大事なもので。今、どこにございますか」

「それなら、ゴミかと思ってすぐに燃しちまいました」

耕吉は極力ぞんざいに言い放ってやった。亭主は金目鯛のような目をして言葉を失った。わかったろう、俺がどれほどどしょうもない人間か。呆れたろう、腹立たしいだろう。その感情を忘れず、女房共々もう二度と俺に構わんでくれ。耕吉は憤然と反り返った。その手を亭主はむんずと鷲摑みにし、あろうことか「ああ、よかった！」とたけり叫んだのである。

「実はその、落とした一枚というのがですね、下書きで書いたものでして、まあ清書したものは手元にありましたから仕事に差し障りはなかったんですが、ちょいと重要なことが書いてありましてね、ただまあ、あれほど高尚な内容だと読める人もないとは思うのですが、それでもそこにしたためられていることが漏れるようなことがあっちゃまずいと朝から気を揉んでいたんですよ、とっとと処分すればよかったんだが」

云々。耕吉はもう途中から聞く気を失って、ただただ、またしても悪意が裏目に出てしまったことに失望していた。亭主は糸蚯蚓夫人同様のしつこさで大仰に礼を述べ続け、「このお返しはいずれ」という不吉な言葉を残して立ち去った。耕吉はすっかり暮れなずんだ路地にいつまでも、ぽつねんと佇んだ。

耕吉の偏奇館通いはもはや中毒症状を帯びはじめていた。行けば必ずあの小部屋に潜り込み、思いつく限りの雑言を自分の名と共に書き連ねた。しかし誰もそれを見ている気配はなく、噂も聞かず、自分の他に「吉川耕吉」のことを書き加える者も現れなかった。

糸蚯蚓夫人は、さあ飯でも誂（あつら）えようか、と耕吉が厨に立った頃合いを見計らったように表の半鐘を叩き、煮物だの揚げ物だのを持ってくる。耕吉は毎日の飯の時間を決めていない。だのに彼女が訪れるのはこのところ、決まって耕吉が厨に立った瞬間で、どこかで見張っているのだろうかと彼は恐ろしくなり、厨の電気をつけぬまま包丁をいじって指を切った。

「そんな毎日のように差し入れは結構です。自分で誂えますから」

一度耕吉はなるたけぞんざいに言ってみた。糸蚯蚓夫人はいつぞやのように身体をくねらせて言った。

「でも吉川さんはけっして私の料理を褒めようとしないでしょ。それは私が店を出すまで妥協をしないように、そういう親心でやってくださすってることはちゃんとわかっていますのよ」

親心？　この女は今、「親心」と言ったのだろうか。耕吉は耳に人差し指を突っ込んでギリギリとほじった。糸蚯蚓夫人は何故か顔を赤くし、なにかのスジ肉が浮いた黄土色の汁が入った鍋を強引に耕吉に押しつけると、小走りに帰って行った。押しつけられたはずみに中の汁がこぼれ、耕吉の腹を手酷く焼いた。

「内田陽蔵。仕事の過失を他人に押しつけた。許せん」

「花岡洋子には恋人があるとの噂。知る人あれば教えられたし」

「花岡洋子。知る限りでは恋人はなし」

「神岡。バナナの房をぶら下げて登校した」

「内田陽蔵。十五才年上の女と結婚するらしい。実は博愛主義者なのか」

偏奇館の小部屋にはさまざまな筆跡が蠢き、数を増やし続ける。いろんな人間がひとりの人間について、思いを書き連ねていく。同じ筆跡で書かれたものなど「吉川耕吉」くらいなものである。

耕吉は偏奇館に行くのも次第に憂鬱になり、居留守を使いつつ家に籠っては、ガリガリ爪を噛みながら『赤い部屋』を読んだ。相手の性質を利用して、手を下さずに葬る——なんて素晴らしい術をこの男は持っているのか。彼はひたすら憧れた。かの夫婦の性質を思い浮かべてみる。しかしそれは未だ摑み所のないものだった。

亭主は、書類の一件があってから十日ほど後に、「知り合いの出版書肆から頼まれて」と彼に評論の執筆を持ちかけてきた。「うちの妻があなたの読書好きなのを褒めておりましてね、この間のお礼もかねて、ちょいとあなたを売り込んでみたんですよ」。耕吉は、自分がいつ評論なんぞを書きたいと言ったろうかと、眩暈を堪えて亭主の顔を見た。亭主はそれを了解の合図と受け取ったらしく、評論の対象となる新人の小説が載った雑誌と規定の原稿用紙及び謝礼を先に耕吉の手元に与え、得意げに笑った。

耕吉はそれを部屋の隅に放り出しておいた。しかしそれだけでは怒りが治まりそうにもなく、一念発起してペンを執った。

「小説なんぞくだらない。書かれたことはすべて嘘っぱちである。事実、私には愛読した小説がないことはないが、現実はちっともその通りにはいかぬ。偏奇館なる本郷菊坂の古本屋に寄って次から次へと本を仕入れて読む。やはり暮らしていくには糞の役にも立たん。しかし現実社会より小説の中のほうが、ずっとマシという気もする」

支離滅裂なことを書き連ねた。こんな原稿を渡せば、自分を紹介した亭主の顔に泥を塗ることになろう。原稿はどうせボツになる、しかしせめて、かの亭主が偏奇館の存在を知るに至ればいい。耕吉は万感の思いを込めて、書き殴った原稿の束を亭主に叩きつけた。

それきり夫婦は、耕吉のもとを訪れなかった。

なんだ、存外簡単なことだったじゃないか。耕吉は少々の拍子抜けもしたが、それでも平穏な日々が戻ったことを喜んだ。彼は以前のように、好きな時間に好きな飯を食い、書見をし、万年床で過ごした。ようやく彼の望む日々に戻ったのだ。

ところがそれからまた数日後に耕吉は、郵便受けに不吉なものを見つけることになる。件の出版書肆からの封書である。そこには、彼の書いた原稿が評論を超えた名文であったこと、早速雑誌に載せたが読者からの評判も上々であること、ついては読書論の連載という形で今後も我が雑誌にお付き合いいただけないか、ということが、丁寧な文面でしたためられていた。

時を同じくしてもう二度と見ることはないと思われた糸蚯蚓夫人が、いけずうずうしく再び彼の家を訪れたのである。袋一杯の文旦を手渡しながら、「おみやげですわ。義父が急に入院して、主人と一緒に帰省しておりましたの」と顔面の糸蚯蚓をのたくらせながら言った。

——ただの留守だったか……。

耕吉は落胆した。さらに夫人は彼の書いた評論の評判を聞きかじったらしく、

「主人が喜んでいましたわ。でも、推挽したのは私よ。ね。私は見る目があるんだから」

と笑った。耕吉は、満面朱を濺ぎ「ぐう」と喉を鳴らした。

出版書肆には「本を読むのは唯一の道楽なので、仕事にはしたくな

い」とありきたりな理由をつけて話を断った。しかし相手もさるもので、亭主を使って耕吉をくどき、また菓子折を持って突然訪問してくるような鬱陶しいことを熱意と勘違いして行ってくる。耕吉は次第に神経が弱っていくのを感じていた。このままでは、奴らの無為な善意に打ち殺されてしまう。もう緒方老人なぞ考慮せずともよかろう、ともかくここから出奔したい、しかしどこへ？　また下宿を渡り歩く暮らしに戻るのは御免だ。止宿人にもなりたくない。せっかく理想的な家を手に入れたというのに。やっと見つけたというのに。赤の他人のために、なぜ俺が逃げ隠れせねばならんのだ。

そうつらつら考えるうち次第にむしゃくしゃし、そのどこにもぶつけようがない憤りを抑えきれなくなり、突然耕吉は近くにあった『赤

い部屋』を床に叩きつけて、偏奇館に走った。菊坂を駆け上がり乱暴に戸を開けて、平然と書見などしているオヤジに、

「ここを誰か訪れたことがあるのか？　え？　誰か部屋に入る者があるのか？」

と、いきなり痛棒を喰らわした。突然の難癖にもオヤジは澄ましたもので、「おりますよぉ」と語尾を引き延ばしたふざけた口調で言いさらした。

「いや、俺は見たことがない。他に人が使っているのを見たことがない」

「それは、あなたがたまたま鉢合わせしなかったというだけのことでしょう」

「それにしたって、ちっとも評判にならんじゃないか。俺の悪評が広まらんじゃないか」

「評判なんぞ、そう簡単に広まるものですか。ま、時間をおいて気長にお付き合いなさい」

「気長だと？　どれだけ待てばいいんだ」

「知りませんよ。だいたいこの部屋はそんな目的で置いているわけじゃありませんし」

「じゃあ、どんな目的だ」

「それは妻に聞いてください」

「その女房とやらはいつこの店に来るんだ」

「まあ、そういうことはいいじゃないですか、うちの内情に踏み込むようなことは。まったくあなたも詮索好きだ」

くっふふと女のような声を出してオヤジは笑った。耕吉はわなわなと腕を震わせ、役立たずめ！　と、これは声にはならなかったが腹の中で喚いて偏奇館を飛び出した。

下駄でガチガチ地面を踏みしめる。こめかみと首筋の血管がドクドクいった。全身の力がペラペラと剥がれ落ちていくのを感じた。茗荷谷の家に戻ると耕吉は、私家版『岩野泡鳴と私と隣の馬鹿』の上に突っ伏した。それを抱え込んで、「辛い」と泣いた。

それからは、拍車が掛かったように耕吉の身辺が騒がしくなった。

出版書肆はしつこく訪問し、糸蚯蚓夫人は差し入れをやめず、亭主は夜ごと晩酌に誘い、斑猫がまた物置の床下に住み着いた。さらに驚くべきことには、浅草の米子、あれがどのようにして耕吉の住所を探り当てたのか知らぬが、旦那に内緒だと断って、米だの味噌だの乾物だの、田舎の親が東京に出た子供に送るようなものを送りつけてきたのである。米子はどうしてここがわかったのか、これほどの千里眼を持っているなら何故かって自分が出奔したとき見つけることができなかったのか。脂汗を流しながら、耕吉は震えた。

爾来ちょっとの物音にも怯(おび)えながら、夏の最中だというのに布団にくるまり、耕吉は息を潜めて暮らした。十日ばかりもそうしていたが、食うものもなくなり、湯にも入らぬので異臭がひどく、彼はついにその日の夕刻、こっそりと町に銭湯と買い物に出る計を実行するに至った。至らざるを得なかった。

音を忍ばせ、そっと玄関を開ける。と、そこに待ち受けていたかのように例の亭主が立っているではないか。耕吉はうっかり悲鳴を上げそうになった。しかし亭主はさわやかな笑みを浮かべ、「やあ、お久しぶり。ちょうど今、『理研』からの帰りなんですよ」と鞄を持ち上げ朗らかに言った。

「そうそう、あなたが雑誌に書いた偏奇館、ずっと気になっていたので、実はさっき、仕事の帰りに寄ってみたんです」

耕吉はハッと背筋を伸ばし、大袈裟な音を立てて唾を飲み込んだ。

「あすこの奥に小部屋があるのはご存知ですか？」

亭主が言い、耕吉は一縷（いちる）の光明を見た。同時にこれまでの失策を思い起こし、慎重にならねばならん、貫徹するのだ、やり遂げるのだ、と己を奮い立たせた。

「さあ、そこまでは気付きませんでした。私は入ったことはありませんでね」

「そうですか。なにね、奇妙な部屋なんですよ。伝言板とでもいうんでしょうかね、いろんな書きつけが貼られておりまして」

「ほう、人々が有り体に思いの丈を書く、真実の間ということでしょうか？」

耕吉は、わざとらしい惹句を作り上げて、巧みに亭主を誘導する。

「ああ、そのような役割なのかな。実はそこで妙なものを見つけちまいましてね。さる人物のことが悪し様に書かれているんですよ」

耕吉、さあらぬ顔で「誰の、どんなことです」。

「これがひどいんだ。盗人だの好色だの薄情だの、ぺんぺん草も生えないだの、まあそういうことで目も当てられない」

「よっぽど悪い奴なんでしょう。面と向かって放たれる言葉より、隠れてしたためられたもののほうが、ずっと信憑性がありますから」

「そうでしょう、確かにそうでしょう」

亭主は小刻みに頷いた。それから、思い切った風に再び口を開いた。

「それでね、その方のお名前なんですが……」

「はっ、へぇ」

緊張の余り、声が裏返る。

「あなたと同じ名前なんですよ」

亭主は恐怖を顔に貼り付けている。耕吉はここぞとばかりに、悪鬼の如き笑みを浮かべてやった。耕吉渾身の演技であった。

ところがなにを思ったのか、亭主も耕吉に合わせて、変に明るく笑うではないか。

「驚くでしょう。いやぁ、私も驚きましたよ。こういう奇遇があるんですな。あなたと同姓同名の悪人がこの世のどこかにいるんですよ」

カッカッカ、と亭主は笑いを吐き出しながらのけぞった。

「でね、私、とっさに、あなたのような善い方が、こんな悪党に間違えられては大変だと思いましてね、オヤジに内緒でその紙を全部はがしてきました」

そら、と亭主は背広の内ポケットから、耕吉が足繁く偏奇館に通い書き連ねてきた苦心の結晶を惜しげもなく出してみせた。耕吉は言葉もなくその膨大な紙の束を見た。「まったく困りますな。合理化の時代になって久しいのに、まだこんな細々とせせこましい真似をする者がおるんですから」と、亭主はその紙片を再び内ポケットに押し込む。

呆然と佇む耕吉に、

「そうそう、先だってお世話になった私の友人、あの出版書肆の男ですが、あなたにいたく感謝しておりましたよ」

「………私は断ったんですが」

「無論そうです。しかし本は自由に読むべきである、というあなたの姿勢に感じ入ったようです。どうしても彼らは仕事として向き合いますからな。あなたの純粋さに心打たれたようですよ」

亭主は目を三日月にし、「彼は、襟を正し初心に戻って仕事に勤しむつもりだとこう言っていましたよ」と機嫌良く付け足した。さらに追い討ちを掛けるように、

「あなたには勇気をいただきました、と。それを私、言付かりましてね」

と告げた。

ソフト帽を気持ち上げて会釈した亭主の後ろ姿を夢でも見ているような顔で眺めてから、耕吉はフラフラと家に戻り、座敷にあがるとぺたりと座り込んだ。膝を抱えて、死にたい、と呻いた。「勇気をいただいた」という言葉が頭の中をケラケラ笑いながら駆けずり回っている。

──俺はついに、他人に勇気を与えるような人間に成り下がってしまったのか。

突っ伏して畳を拳で叩いた。俺は俺のために生きているというのに、その権利さえ認められぬというのか。

彼はその夜まんじりともしなかった。自分を陥れているのは誰か、という悲嘆が頭の中に渦巻いていた。ぜんたい誰が主犯なんだ。なにもいわず耕吉を東京へ送り出した物わかりのよすぎる親戚か、この家を紹介した周旋屋か、偏奇館を教えた緒方老人か、糸蚯蚓夫人とその亭主か、出版書肆の男か、捨てられたのに彼に詫びる米子か、あの部屋に招き入れた偏奇館のオヤジか、致命傷を負いながらも生き続ける猫なのか。乱歩の小説を読むときするように、彼は帳面に相関図を書き、その上に何度も何度も鉛筆を這わせた。いくら考えても、なんの結論も見出せそうになかった。もしやするとすべて虚構か、あの『赤い部屋』のように。それとも全員が結託しているのか。

被害妄想に首を締め上げられ混乱するうちに、空が白々と明けてきた。ともかくこんなところにいては駄目になる。今日にでもここから逃れよう。もうこの家を惜しいとは思わなかった、下宿暮らしに戻るのも構わなかった。そう決めるとやや混乱も去り、荷をまとめる前にひとまず茶でも飲んで落ち着こうと厨に立って湯を沸かした。

そのとき、なにかが玄関の戸に当たった音がした。風でも出たのだろうか、と彼はやり過ごした。しかし間を置いてもう一度確かにコンコンと戸が叩かれる音が聞こえた。半鐘があるのに。彼は不審に思いつつ、玄関を開けた。

糸蚯蚓夫人が小さな風呂敷を持って立っている。

——なんだってこんな朝早くに差し入れを。

彼はちいっと舌打ちを、これも腹の中でした。女は身体を揺すり、なにかを言い淀んでいた。耕吉は問いかけるのも面倒であり、この段に及んで眠気が極に達していたため頬に止まった蚊を叩きながら女が用件を述べるのを待った。糸蚯蚓夫人は何度もうつむいたり横を向いたりしていたが、しまいに意を決したように顔を上げた。

「私、あなたとでしたら生きてゆけます」

「え？」と耕吉は阿呆のように聞き返した。

「もう荷物はここに、まとめてきました。さあ、行きましょう。あなたもそのおつもりでしょう」

「……あなたも、そのおつもり？」

耕吉は回転の鈍くなっている頭で、やはり惚けたように鸚鵡（おうむ）返しをする。

「ここを出るおつもりでしょう。誰も知る人のいない土地で、ふたりきりでやり直すんでしょう」

そう言って、それまでの乙女臭い仕草とは釣り合わぬ力強さで耕吉の手を取った。女の顔の上では、糸蚯蚓がなんらかの意図を嚙まされ、のたうっている。

厨では火に掛けたままのやかんが、ションションと間抜けな音を立てていた。

六　庄助さん

浅草

浅草がまだ活気づいていた頃のことを、支配人は時折思い出そうとする。それはまだほんの一、二年前のことなのに、遠くに霞んでおぼろになった。

日中戦争の好景気で六区は賑わい、いつも人でごった返していた。電気館、大勝館、富士館に帝国館とぞろり並んだ映画館の興業も大盛況で、劇場ではレビューだの喜劇だののひっきりなしに新たな芸が生まれ、花屋敷の山雀(やまがら)芸やメリーゴーランドには人々が列をなしていた。

あれから街並みが大きく変わったわけでもない。人の出も未だそれなりに盛んだ。それでも街の深部は、シンとした闇に溶けはじめているように支配人には見えていた。映画への統制が厳しくなり、国策映画やニュース映画がまた少しずつのしてきている。そういう影は芝居にも寄席にも忍び寄っていて、出し物がいずれも軟らかい土の上で足踏みしているような昨今では、浅草の、どこか破天荒な活気が失われるのも当然のことだった。ここだけではない、どの街も色を失くしているのだ。縁日や祭も統制され、銀座辺りでも「パーマネントはやめましょう」「お袖を短くいたしましょう」と婦人が徒党を組んで呼びかけていると聞いた。

支配人の映画館は自由配給で、かける映画は彼の裁量に任されている。そのため彼は国内外を問わず質の高い作品を探してくることに並々ならぬ力を注ぎ、その選択眼は通人をも唸らせるほどのものだった。もちろん時には目当ての映画が相手側の事由でかけられないような憂き目にも遭ったし、俗っぽいヒット作をかけて手っ取り早く収益を上げたいという欲求にも駆られたが、この映画館ならではの筋を曲げぬよう、慎重に作品を選んできたのだ。そうやって作り上げてきた館の個性さえ、凹凸のない灰色に塗り込められようとしている。近く米英の映画は上映禁止になるんじゃないか、という噂がこの辺りでも囁かれるようになっていた。

一日の上映が終わると、たいてい支配人は誰もいない客席にひとり腰掛け、館内の隅々にまで目を配る。赤いビロードの座席は少々くたびれてはいるものの清潔で、シミや汚れは見あたらない。さほど大きくはないホールだが木目の壁は上品で、赤一色の緞帳（どんちょう）がよく映えた。並み居る映画館の中でも飛び抜けて清潔でモダンだという評判に違わぬよう、入念な手入れを日々施してきた結果だった。

大きく、息を吸う。

ほとんど同時に、足下でバシャッと飛沫（しぶき）が上がり、支配人のズボンの裾と客席のビロードを濡らした。

「あっ、こら！　客席は汚しちゃいけないと何度も言っているだろう」

モップを手に床を拭いていた青年が、ひょいと顔を上げ、「あ、いかん、いかん」と笑った。だが反応はたったそれだけで、別段反省する様子も見せず、詫びを言うでもなく、今まで通り鼻歌交じりにモップを床に滑らせていく。支配人は顔をしかめ、ポケットからハンカチを取り出してハネの上がった座席を丁寧に拭った。恨めしげに青年を見遣ると、いつの間にか彼は手を休め、モップの柄で顎を支えるようにして突っ立っている。

「おい、仕事中だろ。手を動かさないといけないよ」

支配人は、池の鯉でも呼ぶように大袈裟に手を叩いてやる。青年はやはり悪びれず、夢見心地な顔のまま近寄ってきた。彼が動いた跡をなぞって、モップから垂れた水が床に川を作っている。

「なあ、おっさん。僕、ここんとこずっと考えとることがあるんじゃ」

この若者の癖で、やけにゆっくり言葉を継いだ。

「あのね、何度も言うが『おっさん』と呼んじゃいけないよ。親類でもなんでもないんだからね。他の者にも示しがつかないだろう」

支配人は、幾度となく口を極めて注意してきた文言を繰り返したが、ここでも青年は意に介す様子はない。

「僕の作る活動写真なんじゃがの、笑いだけじゃのうて泣きをうまいこと織り込みたいんじゃが、どう思う？」

またその話か、と支配人は呆れた息をついた。

「そんな映画は山とあるよ。笑って、泣けて、だ」

「いや、それとは違う。笑いの中に泣きがあるようなもんで……」

青年はそこまで言ったが「うー、なんと説明すればええんかの」と頭を掻きむしった。

「あのな、おっさん。笑いはの、歴史の中で一遍も歩みを止めとらんじゃろ。つまり十年前に流行ってた漫談家の芸を今見てもな、もう笑えんと思うんじゃ。速さが違う。言葉だって違う。笑いは瞬発力じゃけん」

それから青年は、エノケンだの古川ロッパだのといった喜劇俳優たちの舞台をしきりと賛美しはじめた。笑いはどんどん進化している、と勢い込んで話した。支配人もまた、玉木座の舞台「プペ・ダンサント」は観ていたからエノケンの凄さは重々承知なのだが、ここで話に乗ると収拾がつかなくなる。むりやり青年の腕からモップをもぎ取り、無駄話から逃れるように自ら床を拭きだした。青年は恐縮する影も見せず、その長い手足を無駄に動かしながら支配人の後ろをくっついてくる。

「けどなぁ、おっさん。泣きのほうはどうじゃ。江戸の頃から同じようなものじゃ。失恋した、人が死んだ、別れた、そんな演出ばっかで涙を誘いようる。存外のぅ、泣きと笑いは表裏一体じゃ思うんじゃがそういう活動写真はないのう。例えば、こういうことがあるじゃろ。葬式なんぞで心底哀しんどるときに、ふと笑いたいような気持ちが湧いてくる……」

「まさかっ、気味が悪い」

「いや、現実ゆうのは案外そうじゃ。そこら辺に、泣きの進化ゆうもんがあろうかと思う。芸術家も現実を見ならんのじゃ」

支配人はモップで一、二度床を叩き、首を横に振った。

「あのねぇ、そうやって無駄話をするのは結構だが、誰もおまえさんに映画を撮ってくれと頼んじゃいないだろう？　そんなに監督になりたけりゃね、撮影所にでも入りなさいよ。もっともこのご時世じゃ、どこもニュース映画しか撮らないだろうがね」

冷たく言っても、青年はへらへらと笑いながら尻を掻いている。その六尺近くある上背を眺めていると、「独活（うど）の大木」という言葉が浮かばぬでもなかったが、そこまで言うのも憐れだからせめてもの温情で、

「まったく。馬鹿は死ななきゃ治らない、ってね」

と、流行りの浪曲『森の石松』の台詞を言ってやった。青年は、

「あのね、おっさん、わしゃかーなわんよ」

と喜劇役者・高勢実乗『怪盗白頭巾』の台詞で応酬して、「つっはははは」と独特な笑い声を立て、いつまでも笑っているのである。

　青年がこの映画館で下働きをはじめたのは、一年ほど前のことである。

　もともと彼は、ここに通ってくる常連客のひとりだった。ただ、その通い方が尋常ではなかった。新作が封切られる日には決まって朝一番にやって来て、三本立てを一日かけて何度も観る。この頃はトーキーが主になっているからいいようなものの、もし弁士が肩で風切っている世であれば彼らから一様に煙たがられたろう、それほどの執拗さで通い詰めた。客が出入りしている日中は事務室にこもって庶務に勤しんでいる支配人でさえ、青年がロビィの長椅子で握り飯を頬張る姿や、神妙な面持ちで手帳になにやら書きつけている姿を何度か見たし、帰りしなその日観た映画の台詞を反芻するように呟いているのを聞くこともあった。支配人の作品選びに惚れ込んだ常連客は数多くいたが、その中でも青年の通い方は図抜けており、お陰でもぎりや清掃人に至るまで従業員の中で彼を知らぬ者はいなかった。もっともみな、青年の映画好きを賞揚するより「若いのに、よほどの暇人なんだねぇ」と呆れ、いつからか「庄助さん」というあだ名で呼んで笑いものにしていたのだが。もちろんあの民謡『会津磐梯山』の、「朝寝、朝酒、朝湯が大好き」な小原庄助さんからとったものである。

そのうちに青年は、ちょっとした騒動を起こした。

　庄助さんが困ったことになったから来てほしい、という受付係の曖昧な言葉で呼び出された支配人は、慌ててロビィに続く階段を下りながら「やっぱりか」とひとりごちた。いつかこういうことになるだろうという予感が、ずっとどこかにあったのだ。どうせ、盗みかタダ観でもやらかしたのだ。身なりや持ち物を見る限りさほど金に余裕があるとも思えぬのに、ひっきりなしに通ってくることが以前から引っかかってはいたのである。

　ロビィでは案の定、集まった従業員を前に青年が土下座していた。ちょうど上映が終わったばかりで、一斉に扉から吐き出された客たちは、興行を観終えたらまたぞろ面白い見世物が待っていた、といった嬉々とした顔で青年を見下ろしている。支配人は、衆人の見守る中で青年を詰問するのも酷だと思い、また人前で誰かを叱責するような度胸も支配人自身持ち合わせていなかったから、仕方なく彼を事務室に連れて行った。

「困りますねぇ。大勢さんの前であんなことをされちゃ。いったいなにをやらかしたんです？」

　青年を部屋の入り口に立たせたまま、少しでも威厳を張ろうと支配人は椅子に腰掛けて厳しく訊いた。青年は別段小さくなることもなく、梟(ふくろう)かミミズクのように首を回し、周りを眺めている。

「さあ、言ってくださいよ。今更しらばっくれちゃ困りますよ」

　支配人が、手にした鉛筆でトントンと机の上を打つのを、青年は珍しい生き物でも見つけたように眺めたあと、

「あ、そりゃ勘違いじゃ」

と、あまりに軽い、そして妙に馴れ馴れしい口調で返した。

「僕はなんにも悪いことはしとらんけん」

順々に訊けば、彼はタダ観も盗みもしておらず、謝罪ではなく頼み事のためにああして床に這いつくばっていたというのである。

「頼み事……私どもに？」

「ほうじゃ、おっさんにしか頼めんことじゃ」

あんまり自然に「おっさん」と言われ、支配人はそれに違和を感じる間もなく、馬鹿正直に次に続く言葉を待ってしまった。

「あのな、僕の頼みはな、どうか映写室に入れてくれんか、ちうことなんじゃが」

支配人は絶えずミシミシ音を立てている古い事務椅子に深く座り直し、「なるほど」と少々うんざりした気を含んで言った。興味本位で映写室に入れてくれ、と客に頼まれるのは珍しいことではないのだ。

「申し訳ないが、あすこには技師の方しか入れないようになっているんですよ。規則でね」

「さっきもロビィでそう言われたんじゃが、そこをなんとか」

「でもね、みなさんにそう言ってお断りしていますからね、例外を作ってしまうのはまずいんですよ」

こう断れば客のほとんどは、つまらなそうな顔で諦める。たとえ厄介が起こったとしても、口の悪い連中が去り際に二、三の捨て台詞を残す程度のことで終わるのだが、青年はそこから三十分も「頼む、頼みます」の一点張りで、いくら断っても諭しても、護摩焚きをする僧侶のような格好で拝み続けたのである。それでも支配人が首を縦に振らぬと、今度は長い身体を折り畳んで再び土下座をした。恐ろしいまでの執拗さであった。あれだけ熱心に館に通い詰めるだけのことはある。支配人は床に平べったくのされた青年の姿を改めて見、随分前に観た足尾銅山事件を題材にとった芝居の、田中正造がお上に直訴するくだりを思い起こしながら眉間を揉んだ。

「仕方ない。そこまで言うならお見せしましょう。ただし今回は特別だ。お入れしますが他言はなさらぬように、くれぐれもお願いしますよ」

根負けして言うと、青年はあれだけしつこく頼み込んでいたにもかかわらず「信じがたい」といった目で支配人を見返した。けれどその目はすぐに、霧が晴れたその向こうに美しい稜線が浮かび上がったのを見つけたときのような、鮮やかな煌めきを持った。

　青年は大学で芸術を専攻しているらしく、映画に関してやたらと詳しい知識を持っていた。映写室に通すや、瞬きを忘れて隅々まで凝視し、支配人が説明する前にすべての機材の呼称を諳んじてみせた。ちょうど子供が、目に入った看板を逐一読み上げるのに似た得意顔をしていた。じっくり時間をかけて室内を丹念に見終えると、青年は小窓からホールを見下ろした。すうっと息を吸い込んで、「ああ」と溜息とも感嘆ともつかぬ声を漏らし、支配人に振り返った。

「みなみなさまご来場、おありがとうございます。さて、本日お目に掛けますのは、本年第一品の作品。紫紺の空に星乱れ、みどりの池には花吹雪、千村万落（せんそんばんらく）春たけて、おお春や春、春南方の大ロマンス！」

映写機に寄って弁士の口上を真似、青年はニッと笑った。見事な節回しは、彼が活動写真に長く親しんできたことを雄弁に物語っていた。

青年は映写室にいる間中、笑みを絶やさなかった。支配人はなぜか、その笑顔をひどく懐かしいものと感じていた。

「それほど映画が好きなら、ここで働いちゃいかがです。もっとも給金は雀の涙だが、新作はタダで観られますよ」

気付くと支配人はそう言っていた。青年は「えっ！」と身を反らして驚き、そのまま矢で刺し抜かれたように棒立ちになった。なにか叫ぶか語るかしたいようだったが声すら出ないありさまだったので、支配人はこのまま青年が卒倒するのではないかと危ぶんだ。

「仕事といっても映写室には技師しか入れられないですからね、ホールの清掃からやっていただくようになりますけれど」

落ち着かせるために支配人が付け足しても、青年は犬のような息遣いで頷き、細かく震えていた。

来月からでもおいでなさい、と言ったのに、青年は翌日からやってきた。まだ館が開く前から鍵の掛かった鉄柵の前に座って待っていたのだ、とホールを任せている従業員が支配人に報告した。仕方がないので支配人は従業員を集めて青年を紹介したが、既にみなは「庄助さん」がこの館内にいることに慣れきっており、珍しくもなさそうにいい加減な挨拶をする。青年だけが直立不動でかしこまり、「みなさんの配下に加わらせて頂くことになりました。なにぶんふつつか者ですが、どうぞ末永くお付き合いの程よろしくお願い申し上げます」と、軍人と花嫁の常套句が混じったような、しゃちこばった挨拶をした。そのまま彼は支配人に向き直り、「ほんまにおっさんには感謝しとります」と膝に付かんばかりに頭を下げた。あまりにさらりと「おっさん」と口にしたのでみなも一旦は聞き流したが、完全には流れていかずにそれぞれの耳にこの奇妙な台詞が引っかかったのだろう、ややあって従業員たちの間からさざ波のような笑い声が起こった。青年はしかし、周りの笑い声も聞こえぬらしく直立不動、真面目顔のままで、おかげで支配人のほうが赤面するハメになった。

青年はすぐにここの仕事に馴染んだ。大学に通いながらこんなとこ

ろで働くなんざ変わっているね、とからかわれると彼は決まって、

「僕は、いずれ活動写真の監督になりますので、その修業のためです」

と、大真面目に答えた。なんの恥じらいも衒(てら)いもなかった。自分の将来は、もうずっと前からそう定められているのだ、という疑いのなさに裏打ちされた言葉だった。そうそう叶うはずもない、しかもなんのあてもない自分の夢を初対面の者にも言い放つ臆面のなさに、従業員たちは顔を見合わせ失笑した。

「おっさん、チャップリンの『モダン・タイムス』をどう思う?」

青年は仕事の合間合間に支配人を捕まえては、なにかと問答を吹っ

掛けてくる。礼儀を知らぬようには見えないこの若者が、なぜ支配人にだけ「おっさん」なぞと不躾な呼びかけをするのかは判じかねたが、これまでその呼び方をやんわり注意するに止めたのは、青年の発する「おっさん」にどこか心地よい響きを感じていたからだろう。

「世相を見て作っとるけん、あの笑いは凄みがありようると思うんじゃ。笑っているうちに怖うなる。あれで泣きが先行しとる活動写真ができんかのう。現実から絞り出した油で作る活動じゃ」

青年はあれから「泣きの進化」にすっかり取り憑かれているようだった。映画の検閲に際して内務省のお役人が言った「単に見て笑ふ泣く娯楽」に現を抜かすべからず、と娯楽映画を批難した言葉をあげつらい、「笑って泣かせるもんを作るのが、どれだけ技術がいることか、奴らわかっとらんのよ」と放胆なことまで言った。

「そんなことを外で口にしちゃいけないよ。だいたいアメリカさんを褒めるなぞ、もってのほかだ」

支配人は声を潜めた。

「いいものに敵も味方もないぞ」

言ってから青年は、まるでお手玉でもしているような手振りで何事かを思案しはじめた。こうなると窓も戸もない部屋の中にこもっているような塩梅で、なにを言ってもその耳には届かなくなる。これもいつものことだった。

青年は常に自分で作る――予定も出資者もなかったけれど――映画の構想に夢中で、それ以外のことには驚くほど無頓着だった。彼の靴下にはよく穴があいていたし、セーターを裏返しに着ていることも珍しくなかった。不器用が高じて掃除のときにこしらえた小さな怪我を誰かが指摘してはじめて「おや」と気付き、唾をつけてやりすごしていることがよくあった。昔の癖で青年を前にうっかり「庄助さん」と口を滑らす者もいたが、彼は気にも留めず「はい」と明るい返事をしていた。それが自分のあだ名だということにも気付かぬ風だった。最近になって国が使うことを禁じた「あのね、おっさん、わしゃかなわんよ」という例のお気に入りの台詞を、平然と口にした。

ただひとつ、青年なりにこだわっていることもあって、それは芸術を志す者として、「俺」や「わし」という一人称はけっして使わないという、支配人からすればどうでもいいようなことである。その割には、岡山だか広島だかの方言はそのままなのだ。

青年の絵空事のような話を聞き流しながら、この若者の目に今の浅草はどんな風に映っているのだろうと想像することが、支配人にはよくある。不思議なことに、すっかり色褪せたこの街も、青年にとっては未だ「おもろくて飽きない場所」であり続けているようなのだ。休憩時間に辺りをほっつき歩いては、「七区の食堂は安い。うれしいのう」と感心したり、射的場でとったといって小さな景品を手にして戻ったりした。中でも浅草公園のひょうたん池は居心地がいいらしく、「出店が多いけん、昼飯代わりに摘むんじゃ。それにあすこはせいせいしとるけ、見とるとな、悩みも消えてのうなるようじゃ」と到底悩みがあるとは思えぬのに、そんなことまで言った。

「ここはなぁ、まるで僕が来るのを待っててくれたような街じゃのう」

自分の歩んでいく先には必ず「待っていてくれるもの」があるというのが青年の持論だ。それらは青年の趣味嗜好をきっちりすくい上げた形で、彼の前に次から次へと姿を現すらしかった。

たまたま空きがあって入った四谷の下宿でさえ例外ではなく、彼は「まるで僕のためにあつらえたような部屋じゃった」と自慢げに吹聴する。その理由というのも、借りた部屋の押し入れから青年が好みとする本がどっさり出てきた、というまったく他愛ない事柄であり、支配人は一個の出来事をそんな風に浪漫(ろまん)をもって解釈することなどできなかったから、「前の住人の忘れ物だろう、大家に届けたほうがいい」

と現実的な忠告をした。「もちろんすぐ大家に言ったんじゃ」と青年は不服そうに抗弁した。

「大家はな、前の住人がわざと忘れていったものだから、気に入ったのならもらってください、言うたんじゃ」

青年は部屋に戻って早速その本を読んでみた。はじめて読む作家だったが、彼がこれまで出会ったどの本よりも惹き付けられる世界がそこにはあった。「おもろいんじゃけど怖いんじゃ。現実なんじゃが夢のようでもある。逆さまのようでもある」。青年は、唖然とするほど感覚的な言葉で小説の中身を語り、何度も読み込んだのか、ボロボロになった本を支配人に突き出した。

「『冥途』。内田……、これはなんと読むんだろう？」

「ひゃっけん、ゆうらしい」

青年はパラパラと頁(ページ)をめくってみせる。

「そんなに面白い本を、前の住人は本当にわざと置いていったのかねぇ。前も学生だったのかい？」

「違うようじゃ。職工さんじゃって。僕の下宿に何年か住んでな、それから嫁さんもらって故郷から母親呼んで、四谷見附のほうに一軒構えたゆうとった。大家はな、『彼は見事に踏み外さなかった』て褒めとったわ。なんのことかようわからんけんが」

青年は毛羽立ったズボンのポケットに手を突っ込んだまま、可笑しげに身体を揺らした。「踏み外さなかった」というひとことが、支配人の胸に強く刺さった。昔味わった苦味が、舌の奥から立ち上った。

「押し入れの本はやっぱり僕を待っていたんと違うかなぁ。僕がな、一見真逆のふたつの思いが同時に起こるんじゃちうことを知ったんは、この本じゃ。僕はこれと同じことをな、これ以上のことをな、活動写真でやってみたいと思う」

青年の存在は、この世相の中では少々希望を孕(はら)みすぎていた。ゆえに時折、厄介だった。うっかりすると、火の消えかけた街のことすら忘れて彼の放つ光の中に取り込まれてしまいそうになるからだ。そこから逃れようと従業員たちは「庄助さん」という呼称に出来うる限りの嘲弄を込めた。その呼び名は、青年が纏うべき一枚の襤褸布(ぼろきれ)だった。そうやって誰もが、きな臭い現実を光に焼き尽くされぬように用心していた。

「アメリカとの戦争がはじまったら、映画どころじゃなくなるんだ。あまり夢みたいなことを言ってちゃあいけないよ」

支配人もまた、青年に対するとそう諫言せずにはおられなかった。青年はしかし、現実味のない口調で、

「ほんまに戦争ははじまるんかのう」

と首を傾げるだけなのだ。

「おまえさんが、その泣きと笑いの映画を撮るより早かろうね」

少し深刻な調子で言っても、青年は「いいや」と大きく声を張って、辛気臭さを霧散させてしまう。

「僕のほうが先じゃ。僕の撮る活動写真のほうが、ずっと意味があるもんじゃけんの。ええか、おっさん。僕はいずれ世界の誰もが知っ

とるくらい有名な監督になるじゃろ、そしたら一番にここで凱旋講演したるよ」

「結構だよ。どこまで楽天家だろう。ほんとに馬鹿は死ななきゃ治らないねぇ」

「あのね、おっさん、わしゃ、かーなわんよ。つっはははは」

支配人は偶然、事務室の椅子の上に開きっぱなしになっていた青年の帳面を覗いてしまったことがある。そこにはみっちり細かい文字が並んでいた。

「泣き損で昼寝」

「泣きのツボ七変化」

「噴水笑い泣き」

真面目にやっているのか、疑いたくなる字面だった。

野放図な高さを持つ秋の空に、冬の気配が忍び込んできている。今年の冬はいつにも増して寒そうで、支配人は今からそれを思って身を縮めた。景色を彩りはじめた山茶花や石蕗（つわぶき）、金木犀が唯一彼の気持ちを和ませた。この時期から冬の間に咲く花が、どういうわけか昔からもっとも好きなのだ。その慎ましやかな佇まいや、寒中に凜と堪えている様子に心惹かれるのかもしれない。春の花は自らの役目を意識しすぎてわざとらしく見えたし、ただでさえ暑くてやりきれない時期に無駄に景色を騒がせる夏の花は、彼の忌むところだった。逆に言えば、そうした誇らしげで燦然としたものを、長く苦手としてきたのかもしれない。

だから、昔住んでいた一軒家で、庭に柘榴(ざくろ)を植えて欲しいと妻から請われたとき、なにか大事なものを壊されたように思ったのだろう。彼は、あの柘榴の花や実の赤から、毒々しさしか感じ取れなかった。なのに妻は、その赤に挑んだ。絵筆であの難解で危険な赤を絡め取り、まごうことなく表した。支配人の目には見えていなかった透き通るような赤を、表してしまった。彼はそういう妻を密かに畏怖した。時が経つにつれ、尊敬は負い目に変わった。

妻には敵わないのだ、とはっきり思ったのは、いつの頃からだったろう。もしかすると柘榴を植えたあの日かもしれないし、それよりも少し前、彼女の作品に自分以外の理解者が現れたときかもしれない。

あのときはふたりとも、思う道に足を踏み入れたばかりだった。妻はしっかりとした足取りで、彼は密やかな忍び足で。もう遠い、ずっと遠い昔のことだ。

巷（ちまた）では全海軍戦時編制が発令され、陸相だった東条英機の内閣が発足した。のしかかる雲が、また厚く重くなった。それに逆らうように支配人は、時間を見つけては配給をまわるようになった。せっかくの自由配給なのだ、世情にかかわりなく、好きな映画をかけたい。突然そういう思いに駆られると、館に落ち着いてなどいられなくなったのだ。行く先々で、軍記物や国策映画以外でかけられそうなものはなかろうか、と相談を持ちかけた。相手は大概、眉宇（びう）に皺（しわ）して「このご時世だからねぇ」と厄介にかかわるのを避けるように首を振る。中には「何言ってんだ、外国の映画をかけられないんだからお手上げだよ」と放り投げるように言う者もあった。仕事の上での付き合いしかなかったが、彼らはほんの二、三年前まで映画に対してこんなぞんざいな口を利くような連中ではなかった。暑苦しいほどの愛情をもって、新作のストーリーを語って聞かせた者たちだった。

日中は出歩き、日が暮れる頃によたよう映画館に戻って、そこから夜遅くまで事務作業をこなす日が続いた。

「おっさん、忙しそうじゃのう。いつもおらんけん」

青年は、歩き疲れてふくらはぎを揉んでいる支配人を見つけては、なにかとねぎらいの声を掛ける。

「なに、今までがさぼりすぎていたんだよ」

答えながら支配人は、一旦は時代だ仕方がないと諦めたものを、なぜまた急に取り戻したくなったのか、と胸の内で自問する。

「そうかのう。けど無理しちゃいけんぞ。あ、でな、僕の活動写真、筋が大方定まったけん、聞いてくれんかのう」

青年は暢気（のんき）なことを言い、またしても自分の映画の話を持ち出す。仕方なく支配人は事務椅子に腰掛け、疲れた足を机の上に放り出して、青年が唾を飛ばしながら語る構想に耳を傾けた。熱意は十分に伝わってきた。しかしその筋立はいかにも支離滅裂であった。何度聞き直しても粗筋さえまともに摑めなかったし、笑いも泣きもどこにどう入り込んでいるのか判然としない。主役がいて、ヒロインがいて、悪役がいて、そういう映画に慣れている支配人は、青年が語る、登場人物のすべてが善人でもあり悪人でもあるような、はっきりした立ち位置の見えにくい構図に困惑したのだ。

「……まったくわからないよ。だいたいそんなものが映画になるのかい？」

仕方なく支配人は、忌憚（きたん）ないところを口にする。青年を傷つけることになるのは好まなかったが、他に言葉の選びようもなかったのだ。

落胆するだろうと思いきや青年は目を丸くして、「むう」と頓狂な声を出した。

「そぉかぁ、僕の頭の中にははっきり絵が浮かんどるんじゃがのう」

支配人が言葉を探していると、

「しかしおっさんがそう感じるゆうことは、今のままじゃ人には通じんゆうことじゃの」

と素直に納得して、なんの不純物も混じっていない笑みを浮かべた。もっとよく考えてみる、活動写真はみんなに見てもろうて、みんなに楽しんでもらうもんじゃけんね、僕だけおもろくっても駄目じゃけんね。そうして青年はぺこりと頭を下げた。

「おっさん、ありがとうございました。また考えたら、聞いてくださ い」

言って、鼻歌交じりに出ていった。尻のポケットからは、掃除の途中だったのか濡れ雑巾が顔を覗かせており、ズボンはその辺りだけ湿った茶色に変色していた。支配人は、小さく噴き出した。喉の奥から笑いが勝手に溢れて来て、いつになっても止まらなかった。

「まいったな」

と、笑いの下で支配人はひとりごちる。光になぞ飲み込まれたくないのに。先へと繋がる希望なぞ、とうに興味を失ったはずだったのに。

「ひとつ、出せそうな映画がある。少し古いものだが、気に入ればかけてもらえないか」

配給のひとつがそう言って寄越したのは、寒菊が咲きはじめた頃だった。支配人は勇んで出掛けてゆき、親子の物語だというその旧作を上映する話をまとめた。一も二もなく決めたのは、以前その作品を他の館で観ていたからだ。「なぜ、うちでかけなかったのだろう」とそのときいたく後悔したのだ。静かな写真だった。なんの見返りも欲さず相手を信じる者と、それを知りながら裏切る者との物語だった。

その夜、誰もいなくなった映画館で、支配人は自ら映写室に入り、この映画にひとり向き合った。内側が潤っていくような感覚を得たのは、久しぶりのことだった。物語の中に身を置きながら、彼は随分昔の、初秋の朝のことを思い出していた。

妻に見送られて市街電車に乗った朝だ。彼はこっそり次の駅で降りて、長久亭まで引き返した。その電車がふたつ先の駅で脱線事故を起こしたと聞いたのは昼を過ぎてからのことで、彼はなんの迷いもなく、それきり家には帰らなかった。自分が死んだと妻が思い込めば――そんな目論見すらなく、脱線をなにかの合図のように感じて行方知れずとなった。この行為は二十年近く経った今でも、自分の仕業とは信じがたいものだった。

「来週から新作をかけます」

支配人は翌日、ロビィに集めた従業員に向かい、その表題を告げた。久しぶりに戦記物以外の映画がかかることへの反応はさまざまだったが、青年の反応は飛び抜けて大きく、「ほうっ」と山奥にいる動物にでも呼びかけるような奇声を発し、旧友に会ったときのような笑みを顔中に広げた。封切りの前日、決まって回す試写の席にも青年は勇んで加わり、見終わると同時に、

「ええ活動写真を選んだのう。さすがおっさんじゃ！」

と咆哮（ほうこう）し、他の従業員を笑わせたり呆れさせたりした。

「笑っちゃいかん！」

青年は、ざわつく従業員たちに真面目な顔で訴えた。

「今、僕らがこんな活動写真を見られるゆうのはのう、とんでもない果報なんじゃ。おっさん、諦めんゆうのはすごいことじゃのう。現実も覆すゆうことなんじゃのう」

みなは一瞬シンとなったが、またすぐにざわめきと苦笑が湧き起こった。

新作が封切られてからまもなく、本当に太平洋戦争ははじまってしまった。

そのずっと前から暗い気配に包まれていた街に棲んでいたせいか、

開戦の実感はかえって薄く、支配人は時世の煽りを受けて映画館が封鎖になるようなことはないか、そちらのほうに気を揉んだ。近くまた電力の節減を命じられるとも伝えられていた。そうなれば館を開けられる日が限られるかもしれない。

青年は、あれから何度となく支配人に自分の「新作」の子細を語った。映画の構想は、青年特有の感覚を崩さぬまま、より深く、より広く、そしてわかりやすく変貌している。若者の大言壮語には常々懐疑的な支配人でさえ、近い将来、この青年が本当に作品を撮るのではないか、そんな気がしはじめていた。青年は、たとえ酷評されようとも、挫けも腐りもせずに支配人の言葉に耳を傾けた。まるで映画を撮る上での基軸が、支配人の中に存在するとでもいわんばかりの信望ぶりだった。そのくせ彼の着想は支配人の指摘をひらりと越えて、それより遥か先の未知なる地点に着地し、支配人を驚かせるのが常だった。

年が明けて間もない昼下がり、青年は例の如く、練り直した筋書きを書いた帳面を手に、事務室を訪れた。

「私の意見をそう信用することはないいんだよ。映画を撮った経験が私にあるわけでもないんだから」

この頃には支配人は、青年に意見をすることが、どうも申し訳ないような心持ちになっていた。青年は事務室の小さな椅子に尺の長い身体をうまく収めようとしばし奮闘したが、ややあって諦め、長い足を放り出して照れたように笑った。

「いやぁでもな、おっさんの選ぶ活動写真が僕は好きじゃし、面倒かもしれんけんが、おっさんの意見は聞きたいんじゃ。それにな、おっさん。前から訊こうと思うとったんじゃけどな、おっさんは昔、活動写真のもっと源の、例えば噺や小唄のようなもんをしとらんかったかの」

誰にも語っていなかった過去を突かれ、支配人は言葉をなくした。

「……どこでそれを知った？　浪曲のことを……」

「あぁ浪曲かぁ、なるほどのう」

顎をさすりながら青年は笑う。

「別段知っとったわけではないんじゃけどな、僕、おっさんに会うてすぐわかった。ああ、この人は『支配人』じゃのうて、『おっさん』のほうがええのうて勝手に思った。浪曲とかな、噺の雰囲気じゃ。そういう拍子っちうんかな、それが身体に染みついとるけん。だから選ぶ活動写真が粋でな、で、なんちうか憐れを見事に描いたもんが多かったんじゃな、とわかった。僕はな、ここで活動写真を観るたびに、ようある『泣き』とは違う『憐れ』を学んだ気がしてたんじゃ。勉強になりました」

青年は鹿威(ししおど)しのように頭を下げた。彼の頭のてっぺんにあるふたつのつむじを見るうちに、支配人はなぜか泣きそうになった。嬉しいのか、哀しいのかすらわからない、ただただ床しい心持ちに身体中を浸された。

「やっていたのは確かだが、まったく、ものにはならなくてね」

動揺を隠しながら支配人は言う。

「あれはどういうもんだろう、年齢がいってなにか新しいものに目覚めちまうと歯止めがきかないんだな」

青年は手を膝の上に揃えて置いて、支配人の言葉を聞いている。支配人はその青年の目を見て、それ以上語ることをよした。それからの経緯は、言葉として発するにはどこか実感に乏しかったからだ。

妻になぜ、役所を辞めたと言えなかったのか。浪曲の道に進みたいと言えなかったのか。そんなことすら、今となっては曖昧だ。それまでの蓄えと幾ばくかの手当で体裁を繕い、役所勤めを続けているふりをして、こっそり芽の出ぬ修業に勤しんだ。白山の長久亭で、毎日出囃子を聴き、師匠の鞄を持ち続けた。すぐに妻は自分の姿を見つけるだろう、そのときを申し開きの機にするのだ、と決めていた。おまえが絵に出会ったように、俺も見つけたんだよ、と。一緒に好きな道をまっとうしようと言えば、彼女は反対しなかったはずだ。なのに、市街電車の事故をきっかけにそのまま失踪し、それきり妻とは会わなかった。

程なくして起こった震災で、妻が家の下敷きになって死んだことを人づてに聞いた。浪曲に見切りをつけたのは、そのすぐあとのことだ。

「何年やっても煮ても焼いても食えなくてさ、結果四十になってからの宗旨替えだ。昔の仲間で弁士に転じた奴がいてね、そのってでなんとかここに拾われたってわけだ。だから映画を見る目なんぞ、そう持っちゃいないんだよ」

青年は、大人しく耳を傾けるだけで、根掘り葉掘り詳細を訊くよう

なことをしなかった。だが支配人がもう一度、「そう。ものにはならなかったんだ」と自嘲を込めて言うや、間を置かずに、

「そじゃけぇ、お陰でこねーにおもろいもんがおっさんを待っとったんじゃのう。浪曲がうまくいってたら、おっさんここにはおらんかったな」

と、笑った。支配人はぼんやりと青年の顔を眺めた。「どこまで楽天家だろう」というものの台詞は、うまく言えそうにない。

「おっさんはええのう。もう自分の中に笑いと泣きがありよる。僕の目指すもんをもう内側に持っとるんじゃ」

青年は心底羨ましそうな顔つきで言った。やっぱり活動写真を撮るのは生半可なことじゃいかんな、こういう手合がちゃんと生きて居る

んじゃからな、と笑い、手垢で黒くなった帳面を開いて、そこに書いてあったいくつかのメモ書きをくしゃくしゃと塗りつぶした。

そろそろ春の花が、開きはじめる頃になった。

「もうすぐ桜の季節じゃのう。僕の下宿の近くには桜並木があるけんな、あすこが満開になるときれいじゃぞう」

朝から、青年はうれしそうだ。

「そうかねぇ。桜は少し派手すぎるよ。散り方も殺生だ。きれいに見えるのは梅までだ。せいぜいそこまでだよ」

「そんなことはないよ、おっさん。ええぞう、桜は。雪みたいじゃぞう。ほうじゃ、一遍お堀の桜を見に来たらええよ。僕が案内したるけん。見たら考えも変わるはずじゃ」

「庄助さん！」と彼を捜す従業員の声がロビィのほうから聞こえてきた。「あ、いかん。やりっ放しじゃった」と青年は口の中で言って、慌てて階段を下りていった。支配人は青年とひとつの約束をしていた。桜の咲くまでに取り敢えずひとつ目の脚本を仕上げてみること。

もうすぐに、つぼみは開く。

ところがそれから三日後、青年は突然、連絡もなしに仕事を休み、それきりぱったり映画館に来なくなったのだ。

はじめは誰もが「風邪でもひいたのだろう」と気にも留めなかった。あれほど夢中で通ってきていたのに、挨拶もなく辞めるはずもないと従業員の誰もが青年を疑わなかったのだ。それでも十日経っても電話一本入らず手紙一つ届かないとなると、さすがにみな、不審の顔を見合わせるようになった。

支配人は「家にこもって脚本書きに夢中になっているのだろう」と青年の不在を心の中で理由づけた。そのそばから、あんな話をしたからだ、という悔恨が腹の奥に湧いてくるのだ。なぜ浪曲をやっていた時分の話などしたのだろう。前しか見ていない青年が、初老の男の薄汚れた挫折話に失望しないはずがない。そんな人間と一緒にいるのを苦痛に思わぬはずもないのだ。挫折や妥協なぞ、あの若さで誰が咀嚼したいと思うだろう。

下宿の詳しい住所も知らず、電話の有無もわからなかったから、青年とは連絡のとりようもなかった。もどかしい日々が続いた。従業員たちは「庄助さん」の不在を、馴染みの駄菓子屋が店を閉めたときのような取り返しのつかない寂しさをもって噂し合った。支配人は腹の中で悔いたり、怒ったり、嘆いたりと、忙しく煩った。「それにしたって一言あってもよかったはずだ」というういじけた考えが所構わず噴き出して難渋した。事務室にこもっているといろんな考えが頭をもたげて息苦しくなるから、表に出て呼び込みをする。声を上げていると唯一、考えを休むことができた。まだ冬を残した風が足下を吹き抜け、それと同じ低い場所をミソサザイが羽音も立てずに飛んでいった。

「おっさん」

聞き慣れた声が漂ってきて、支配人はうろたえた。幻聴まできたしたのかと怯えたのである。が、振り向いて、そこに幻覚ではなくあの青年が立っているのを見つけて、思わず喉を詰まらせた。

「おまえさん、急に……」

叱りつけようか、それとも先に事情を聞こうか、支配人は逡巡する。

なのに安堵や喜びのほうが先に立ち、

「なんだい、例の泣きと笑いの映画の撮影にでも入ったのかと思っていたよ」

と、見当はずれなおどけた台詞を吐いてしまった。青年はそれを聞くと、妙に懐かしそうな顔をした。それから一旦、口を引き結んで言った。

「あのな、おっさん。急なんじゃけどな、僕な、ここを辞めさせてもらうことになりました」

「そりゃ……なんでまた」

水に黒いインクを落としたような失望が、支配人の内側に広がっていく。

「故郷に帰らねばならなくなったんじゃ」

青年が長男だと言っていたのを支配人は思い出した。親御さんから、東京でフラフラしているのなら家を継げとかなんとか言ってきたのだろうか。いや、単純にここにいるのが憂鬱になったのだ。自分のように崩れていくのが怖くなったのだ。支配人は短い間で忙しく、そして重苦しく考えを巡らせた。引き留めたいが、それ自体がお門違いであることを恐れた。

「家の事情かい？　映画を撮るのはどうするんだい」

遠慮がちに訊くと青年は、つっははは、といつものように笑った。

「家のことならよかったんじゃがのう」と目頭の辺りをこすった。

「あのなぁ、おっさん。僕にも赤紙が来よったんじゃ」

支配人は、なにか別の世界の言語に接するように、その耳慣れぬ言葉を聞いていた。

「二週間前に通知が来ての、身体検査だのなんだのすぐやれゆうて、うるそうてのう。おっさんに知らせねばと思ったんじゃが、僕の下宿、電話を引いてないけん、連絡できんですんません」

また鹿威しのように頭を下げる。支配人は、言葉をなくした。この十日余りの間に青年が味わった懊悩に触れたような気がした。ここに連絡することすら思いつかなかったほどの懊悩に。

「でな、もう来週には荷物まとめて一旦故郷に戻ってな、家族と別宴してのう、そこから今度は筑波の演習場に入るんじゃ。再来週には僕、兵隊さんじゃ」

「そりゃ、おまえさん……」

「泣きの活動写真に夢中になってな、僕も徴兵されるかもしれんっちゅうことをすっかり忘れとった。阿呆じゃな。芸術家も世相を見ならんのになぁ」

わざとらしく頭を掻いた。それから物欲しそうな顔をした。

「ほら、おっさん、いつもの台詞じゃ」

両手を前に出して煽るような仕草で手首を動かす。支配人は、青年の目を見た。その目は、初めて映写室へ案内したときと未だ同じ色で照っていた。

「馬鹿は死ななきゃ……」

息が詰まって途切れた。それを見て青年はひと際大きな声で返した。

「あのね、おっさん、わしゃ、かーなわんよ！」

怒鳴るような声だった。ずっと続くはずだったものを鉈（なた）で断ち切る掛け声のようでもあった。

「のう、おっさん。やっぱり現実は思うたよりずっと手強（てごわ）いんじゃのう。でも僕、負けとうないのう」

青年はそう言って、くしゃくしゃになった顔で笑った。

つっははは、という空疎な笑い声が、映画館の辺りをしばらく所在なげに漂っていた。

七　ぽけっとの、深く

池袋

しゃがんだ場所から見えるのは、足だけだ。

薄汚れたゲートル、下駄履きのもんぺ、子供の素足。低く垂れ込めた庇（ひさし）の奥から、その向こうにあるはずの空を透かし見ようと目を細める。ザラザラと蠢（うごめ）く無数の足に遮られ、諦めて目を伏せる。膝の前に据えてある木箱に、革靴の足が落ちてくる。

尾道俊男（おのみちとしお）は形ばかり顔を上げ、「いらっしゃい」と呟いて、靴墨をすりつけた襤褸布（ぼろきれ）で磨きはじめる。革の抵抗が、薄い布を通して指に伝ってくる。俊男は吐き気を堪（こら）え、口を真一文字に引いた。

俊男の隣で他の客の靴を磨いていたタッちゃんが、素早い動作で靴底を剝がしたのが目に入った。

「あれ、お客さん。底、剝がれてる」

ぼんやり空を睨んでいた客は声に驚いて足下を見、するとタッちゃんはすかさず「一緒に修理しときますね」と微笑んだ。客は曖昧に頷き、修理賃を上乗せした金を払う。

俊男は自分の手元に目を戻す。機会を窺いながら、一拭き一拭きゆっくりと手を動かす。時折、客を盗み見る。運悪く、見下しきった目と、目が合う。「おい、早くしろ。急いでるんだ」。俊男は小さく頷いて、手を速めて靴を拭う。かなり履き込んでいるせいで、磨いても磨いても輝くことのない靴を。客が投げて寄越した金を受け取ると、俊男はまたうなだれた。タッちゃんがこちらを窺う気配がした。

「シケモク、拾ってくる」

俊男は断って、立ち上がった。吸い殻の落ちている場所は大概決まっている。闇市の入り口、食堂の裏口、駅舎の中。俊男は、人目を避けるように背を丸めて、砕けた骨に似た残骸を拾い、小さな布袋に入れていく。吸い殻に残ったわずかな葉をかき集めて紙で巻き直し、闇煙草を作るのだ。糧になるものは、地面からしか見出せなかった。いつからか、下を向いて歩く癖がついた。

ヤニのしみ出た布袋を抱え、稼ぎ場にしている大通り沿いの崩れかけた廃屋に戻る。タッちゃんは客と談笑しながら、手際よく靴を磨いていた。客がなにかを言い、それから背をのけぞらせて笑った。その動きは、周りの景色から気味悪く乖離（かいり）していた。

タッちゃんは二十四になった春、赤紙によって筑波の演習場に連れて行かれた。そこでは、それまでの暮らしや性格や思いを一切封印して、ひとりの無表情な兵隊になることを強（し）いられた。戦況が悪化すると第十四方面軍に配属され、フィリピンに侵攻させられた。上陸してから部隊はいくつかに分かれ、タッちゃんは小隊に混じって、日夜、毒々しい植物がうねる密林の中を行軍し続けた。どこに向かうか知れぬ、行軍だった。敵兵も上陸し、この密林のどこかに潜んでいるという情報が、タッちゃんの身体を緊張で絞り上げ続けた。いずれ敵とぶつかる、そのときが最期だと部隊にいる誰もが覚悟していたが、敵と相まみえる機会はいつになってもめぐ巡ってこなかった。そのくせ、毎日誰かを失った。タッちゃんもひどい皮膚病と栄養失調にかかり、朦朧（もうろう）とした意識の下で仲間の背中だけを見て歩き続けた。目的や意味ははなから喪失していた。夜になり、見知らぬ土の上で銃身を抱いて寝るたびに、悪寒が走った。「この物体はなんだろうか」。頬を寄せても、ひんやりした感触が伝わってくるだけだった。

終戦は、そのフィリピンの山奥で知った。日本に玉音放送が流れてから半月後の九月はじめ、ようやく目にした敵機から爆弾の代わりにビラが降ってきたんだ、とタッちゃんはひしゃげた口元で語った。ビラは、日本の無条件降伏を知らせたものだった。タッちゃんはそのとき一片の感情も湧かなかった。負けたという事実も、終わったという事実も、鳥の羽ほどの重さもないように感じていた。

投降し、捕虜として死んだように時が過ぎるのを待ち、ようやく帰国して家に戻って、出征前に祝言だけ挙げた妻が再婚したことを知った。誤った死亡通知が届いたためだった。

「ひどいや」

俊男の言葉を、タッちゃんは軽くかわす。

「いやぁ、そんなものさ」

タッちゃんはよく、この台詞を口にした。俊男の中ではまったく片付かないあらゆる事を、タッちゃんは事の起こる前から既に片付けてしまっているようなところがあった。

タッちゃんはその足で郷里を離れ、東京に来た。俊男がタッちゃんと会ったのは、たぶん、その頃だ。

俊男は戦争が激しくなってからずっと、勤労学徒として埼玉の工場で働いていた。十五になる前だったが、厳しい戦況が聞こえてくるたびに、近く自分たちも召集されるらしいと級友たちは教官の目の届かぬところで噂をし合い、俊男も毎日自分が死ぬことばかり想像しながら生きた。睡眠もほとんどとれぬ作業の中で彼を慰めていたのは、巣鴨に住む家族からの短い手紙だった。あの日の直前まで、家からの手紙は途切れることなく送られてきていたのだ。

東京で大きな空襲があったと知らされた翌日、俊男は許しをもらって巣鴨に帰った。歩きづめに歩いて辿り着いた地に、彼は立ちすくんだ。自分の家がどの辺りにあったのか、めぼしい印すら見つけられなかったのだ。隙間なく建っていた家々はことごとく消え失せ、駒込染井の辺りまで凄寥と見渡すことができた。俊男は、わずかに焼け残った電柱や駅舎から方角の目星をつけ、自分の家のあった辺りをやみくもに掘った。まだ熱を持っている瓦や炭になった木材を手当たり次第どけていった。ひどい悲鳴がすぐ近くで聞こえていた記憶がある。それが誰のものであったか、思い出すことはできない。掘っても掘っても出てくるのは形をなくした残骸だけで、それでも彼はなにかの証を摑もうと必死にもがいた。諦めるためではなく、まだ救いだそうとする意志で、掘り続けた。真っ黒に煤けた火ぶくれだらけの指が、これが現実であるということを執拗に訴えていた。

どこかに逃げているはずだ。ここにいないということは、どこかに避難して助かったということだ。翌日から俊男は、父や母や妹の姿を求めてあらゆる場所を捜し回った。すれ違う人、焼け出されて力なくしゃがんでいる人々の顔をひとつひとつ確かめながら、歩き通した。家のあった場所には「僕は生きています。毎日ここに戻ってきます。これを見たら待っていてください。　俊男」と書いた板を地面にさした。そうして夜になると「家」に戻って、まんじりともせず家族の帰還を待った。

六日目の朝早く、地面の上でいつの間にか寝入っていた俊男は、大きな手に揺り起こされた。

——父さん！

とっさに思い、飛び起きた。

知ってはいるが、慣れてはいない顔が、そこにあった。相手は、不意に溢れた俊男の笑みに気圧されたように腰を引いた。「俊男ちゃん、だろう？」と怯(おび)えた声が言った。全身煤け、汚れきった俊男の四肢や顔つきをひとつひとつ照合するように男は目玉を動かしていた。

「やっぱりそうか。いや、残念だったな。あんたんちは」

かつて隣人だった中年の男は、世間話でもするような声で言った。

「お父さんもお母さんも妙義坂の下辺りまでは逃げたんだが、あの火じゃあなあ。よしこちゃんもまだ小さかったのに」

俊男は、随分久しぶりに妹の名を聞いた。それは、まったく他人のような響きをもって耳に届いた。

「おじさんたちは岩崎の屋敷に逃げ込んで、なんとか免れたんだ。あの屋敷のことはさんざん悪く言ってたが、門が開いたお陰で助かった。こういうときは財閥も庶民もなくなるんだな」

男が、場違いな笑い声を立てたのだけは覚えている。けれどそこから終戦までの記憶は、俊男の中から一切抜け落ちていた。確か、その足で妙義坂にも行った。いくつもの黒く焼けた身体が転がっているのも目にした。それから、どうしたのか。

俊男はその後しばらく、自分たち家族の影が残っている場所に足を踏み入れなかった。踏み入れることができなかった。

戦争が終わってからは池袋の駅舎の隅にうずくまり、物乞いで食いつないだ。タッちゃんと会い、半ば強引に靴磨きの仕事に誘われるまで、いつ途切れても構わないと思って日を送った。働くことは、はじめ、俊男にとってたまらなく辛いことだった。物乞いにはなんら抵抗がなかったが、靴を磨いて銭を得るごとに、ひとりだけ生き残ってしまった、その罪が体の芯を蝕んでいくようだった。

「考えるな。生きたもん勝ちだ」

タッちゃんは言う。これも彼の口癖だった。その言葉を言うタッちゃんの声は、傷によって透明度を欠いた厚い氷にとてもよく似ていた。

闇が深まり手元が不案内になると、ふたりは店を畳んで稼ぎ場にしている廃屋の軒下を出る。

仕事道具を脇に抱え、池袋の駅舎へと向かう。構内を素通りし、裏通りに広がる闇市へと入っていく。連綿と続く灰色のバラックには、人々の奇妙な熱だけが渦巻いていた。どこで仕入れてきたかしれぬ石鹸だの衣服だの食料だのが店先を賑わせ、すいとんや雑炊を出す屋台では、立ったまま飯をかき込むいくつもの背中が、せわしなく上下していた。饐えたような臭いが、至る所から立ち上っている。戦争が終わって統制品や配給がますます不足し、日用品や食料は闇で調達するよりなかった。闇市は違法だが、金さえ出せば大抵のものは手に入る。ここにある軸は、ひどく明快だ。明快だから、荒んでいるのだ。

タッちゃんは人いきれの中を、復員外套の衿に顔を埋めて歩いていく。つり上がった肩や、丸めた背は、外のどんな気配も近づけないほど頑なに閉じていた。俊男は少し距離をおいて、タッちゃんの背中に従う。何度かその背に語りかけようと試みては、口をつぐんだ。

一軒のバラックの前まで来ると、タッちゃんは足を止め、俊男に振り向いた。

「おい、今日はカモだけだ」

ひんやりした笑みを浮かべ、そのまま足早に店に入っていく。鼻先に漂ってきたシチューとすいとんの匂いが俊男のみぞおちを打った。

健坊はふたりの姿を見つけるとはしゃいだ。せせこましいバラックには不釣り合いな大きな身体で、いそいそとふたり分の場所を作った。

「おばんは仕入れ。せやから今日は僕が店長や」

腕組みをして胸を反らせる。仕入れといっても、進駐軍の残飯をもらうだけだ。そいつを煮込んでシチューにするのだ。

「みかんの皮をすり下ろしてな、メリケン粉に混ぜたすいとんがあんね。食うてみる？」

手狭な店を切り盛りしながら、健坊はなにかと話しかけてくる。今日来た客のこと、よその町の様子、仕入れのときに出会った子供の話。どれもが、俊男にとってはどうでもいいことばかりだった。

「あとな、今日な、僕、またええ言葉見つけてん」

相槌も打たずすいとんをすするふたりを気にする風もなく、健坊は手垢で黒くなった冊子を懐から取り出し、得意げに読み上げた。

「ぽけっとに手を突込んで
路次を抜け、波止場に出でて
今日の日の魂に合ふ
布切屑（きれくづ）をでも探して来よう。」

タッちゃんはうるさそうに首を回してから、外套に手を突っ込んで肩の辺りの虱（しらみ）を潰した。

「そんな御託（ごたく）をいくら集めたところで、腹一杯にはならねぇだろう」

「なるわ。僕、今日はこれでご飯いらんくらいやねん。なぁ俊男ちゃん」

俊男はすいとんの椀に顔を埋めて聞こえぬふりをした。

「言葉はなぁ、たいがいようわからんのやけど、たまにピッタリ同じ気持ちのものに会うんや。それがうれしい」

タッちゃんはそれを聞き流し、椀から目だけ上げて「おい、向こうの客が呼んでるぜ」と健坊に言った。健坊は律儀に振り向き、呼んでもいない客のほうへと腰を屈めて走っていった。

「鬱陶しいな、『言葉』だってよ」

タッちゃんはそう吐き捨てて、引きつるように笑った。他人という存在をすっかり諦めているタッちゃんが、唯一執拗に貶めるのが健坊だった。店で呼ばれている健坊という愛称で呼びかけることもなく、陰では「カモ」という符号を使った。店に出入りしても一切親しくなろうとはせず、健坊が語りかけるのにもまったく応えない。健坊はけれど、どれほど邪険にされても、いつも主を待っていた犬のような顔でタッちゃんに駆け寄ってくるのだ。なんの知識も披露したことのないタッちゃんを、「なんでも知ってて偉いんや」と勝手に決めつけ崇めていた。

タッちゃんはすいとんの汁を飲み干すと、椀を放り出して台の上に片肘をついた。

「あいつと似たような奴を知っている」

遠くで客の相手をしている健坊を顎でしゃくった。

「演習場と部隊で一緒だった男だ。食料も水もないのに、活動写真がどうのとそんな話ばかりしていた。『僕は、いずれ活動写真の監督になりますので』そればっかりだ」

俊男は音を立てぬように椀を置き、「その人、今どうしてるの？」と訊く。タッちゃんは俊男に一瞬鋭い目を送った。が、すぐにその目を伏せて、ゆっくり首を横に振った。その口元に、喩えようもない不可解な笑みが立ち上った。俊男は急いで目を背け、器の中を覗き込んだ。

すいとんは一杯六円。タッちゃんはふたり分だと言って、二十円出した。六が二個で十と二つやからー。健坊の、のろい計算を根気強く待つ。十の位の二から一引いて一やろ、でぇ、一の位の十から二引いて八やろ、せやから十八円のおつりやな。タッちゃんも俊男も黙って釣り銭を受け取る。店を出てからその金を分け合う。

「あんな計算してて、よく店が潰れないな」

「普段はばばあがやってるからな。それにあれだけ計算がのろいと、客のほうがしびれを切らして釣り銭の額を言っちまうんだ」

「まったく、誰が教えたんだろうね、ああいう計算の仕方」

「……俺だ。俺が教えた」

タッちゃんのねぐらを俊男は知らない。バラックのはずれで「また明日」と言って別れるのが決まり事だった。俊男はいつも別れ際を気にした。タッちゃんが少しでも虚（うつ）ろな目をしていたり、あさってのほうを向きながら離れていくと、しつこく呼び止めて「明日な！」と叫んだ。タッちゃんが俊男と目を合わせて「おう」と笑んでやっと、安堵して踵（きびす）を返した。

「今日の日の魂に合ふ
　布切屑をでも探して来よう。」

ひとりになってから、さっき健坊から聞いた言葉を口の中で繰り返した。

客足が遠のく雨の日は、靴磨きには出ずに、ふたりはそれぞれのねぐらで闇煙草を作るのにあてていた。俊男は、ねぐらにしている空(から)の防空壕にランプを灯し、根気よくシケモクをほどいていた。時折、霜焼けの爪先を靴墨のめり込んだ指で擦る。一度湧いた痒(かゆ)みは、なにをしても治まらなかった。苛立って、二、三度地面に足を叩きつけると、しぶとい痛みに変わった。それでも痒みより痛みのほうが楽には違いなく、俊男はその勢いをかって立ち上がり、錆びついたシャベルを持って表に出た。骨の折れた傘にあたる雨が、意外な重さで俊男の右手を揺らした。霜焼けを気にしながら、巣鴨まで黙々と歩いた。

半年前まであれほどなにもなかった町には、いつの間にかみすぼらしい小屋が、勝手に繁殖する黴(かび)の胞子のようにうようよと生えはじめていた。俊男の家があった近くにも、誰のものかわからぬ家が当たり前の顔をして門を構えている。俊男は、焼け野原を見たとき以上の破壊をその風景に感じ、ひっそりうつむいて歩く。昔暮らした辺りの地べたにしゃがみ込み、息を詰めてそこを掘り返す。シャベルがザクザクと生々しい音を上げながら土を削（さ）いていく。これまで、形を留めたものは出てこなかった。たったひとつ、水飴のように歪んでしまった、リンゴの絵が描かれた妹のコップを除いては。

　土を掘り起こしながら俊男は、まだ小学校に上がる前、家の近くを流れていた川が暗渠（あんきょ）となった日のことを、思い出していた。確か千川という川だった。猫又橋という橋がかかっており、江戸の昔に猫又という妖怪が出たからこんな名前がついたのだ、とよそで聞いた話を語っては、ほんの幼かった妹を怖がらせた。夏になると涼しい風を運んでくる、清々しい川だった。

川が埋められたとき、妹とふたりで見に行った。流れていたものが暗く滞っていく様を、ふたりで黙って見つめていた。

もし千川が埋められなければ、と俊男は思う。あそこに飛び込んで火から逃れることができたのではないか、と。俊男は、川を見に行ったときの妹のあどけない横顔を思い出そうとする。けれど、浮かんだ面影はすぐに、あの日妙義坂で見た光景に塗り潰されてしまうのだ。

俊男はあのとき、妙義坂から逃げた。家族を捜さず、目を逸らして駆けた。その事実が日を追うごとに膨張して、押し潰されそうになる。逃げ出しておいて、今さらなぜ土を掘っているのか。

次から次へと浮いてくるねじ曲がった思考を追い払うように、俊男は一心にぬかるんだ土にシャベルをさし込む。

地面をえぐっていたシャベルが、カチンと澄んだ音を立ててなにかにあたった。用心深く両脇の土をよけ、そこにあるものを掘り起こした。


その夜、バラックの店に顔を出すと、「今日はひとり？」と健坊は訊いて、残念そうな面持ちを隠さず辺りを探す素振りをした。俊男は、雑穀を煮込んだ雑炊をたのむと、さっき掘り当てた壺から出てきた紙片を取り出した。

「これ、どういう意味かわかる？」

黄ばんで風化しかけた紙片を、健坊にかざして見せる。書道をやっていたおかげで、内容はともかく俊男にはそこに書かれた文字を読むことはたやすかった。けれど、日頃あれほど「言葉」の話ばかりする健坊は崩し字につまずき、小首を傾げるばかりだ。仕方なく俊男は、文言を読み上げる。

「右は、染井吉野を作りし者　妻、慶証す」

右端には、聞いたことのない男の名が書いてある。

「そうか。そしたら、この『慶』って人が書いたものやな」

わかりきったことを、健坊は言った。俊男は嘆息して紙をしまい込んだ。なぜ健坊にこんなことを尋ねてしまったのか。後悔が、頭の中を茫々と漂っている。

「染井吉野ってあの桜のことかな？」

惰性で訊くと、「まさか。桜は天然自然のものやんか」と健坊は笑った。

「ただ僕が思うに、きっとこの人は御主人さんの手柄を残したかったんやな。意味はわからんでも、書いた人がその一心やったのはわかる。文は思いやからな」

俊男は顔を上げて、健坊を見た。その中心の在処を見定めようと目を凝らしたが、見るうちすぐに輪郭はふやけて外界との境界さえなくしてしまうのだ。

「せや、タッちゃんに訊けばわかるかもしれんで。タッちゃん、なんでもよう知っとるから」

俊男の表情を落胆と見たのか、健坊は繕うように言った。出されたた雑炊をガツガツと咀嚼する自分の音を聞きながら、こんな紙きれを見せればタッちゃんは不機嫌に舌打ちするだろうと俊男はそういう予感を持った。俊男がなにも応えずにいると健坊は首を突き出し、「これからタッちゃんの家に行ってみようか」と事も無げに言った。

「……家を、知っているのか?」

冷えていくのか熱していくのかわからぬ温度が、俊男の腹に広がっていく。

「偶然な。おばんの家に帰るとき見かけてん」

健坊は、意外そうな顔を作り、そう答えた。

健坊が店を閉めるのを待って、一緒にバラックを出た。大きな背中に従いながら、俊男は禁忌を犯しているような恐れを抱いていた。健坊は俊男の内心なぞお構いなしに、上機嫌で昔語りに興じている。自分が生まれ育ったという大阪の、愚にもつかぬ話だった。

「住吉さんの近くにおかんとふたりで仲良う住んどったんや」という自慢を、健坊は日頃からよくしていた。聞く限りではとりたてて特徴があるとは思えないその女の話を、俊男やタッちゃんが苛立つほど繰り返し語ってきた。その母親も空襲で死に、健坊は唯一の肉親である「親切な」おばんを頼って上京した。健坊が明るい口調で思い出話をまくしたてることを、俊男は極端に恐れていた。いつだったかたまらず耳を塞いだとき、タッちゃんは薄く笑って「あいつはずっと恵まれているんだよ。そうでなけりゃあ、あそこまで醜くなれねぇだろう」と吐き捨てた。

バラックを出て三十分ほど歩いたところで、健坊はなんの前触れもなくピタリと足を止めた。「ほら、あそこ」と、焼けた形のまま、かろうじて建っている石造りのビルを指さした。

「あそこにビンがあるやんか、あれがタッちゃんの部屋や」

窓辺に置いてある透明のビンの中身がメチールであることは、俊男にはすぐに察しがついた。知り合った頃タッちゃんは、いい加減に靴を磨いてはわずかな日銭を得、それをほとんどメチールに注ぎ込んで酩酊（めいてい）していたからだ。

「そんなの……メチルアルコールだろ。飲み続けたら失明しちゃうよ」

俊男が諫めるたびに、「まあ、それもいいよ」と力なく笑っていたのだ。最近はすっかり酒と縁が切れたように見えていたのに、窓際のビンが神棚にでも奉られているように置かれているのは、遠く離れた俊男の位置からもはっきり見て取れた。

内側にはボウッと灯が点っている。

「おるみたいやなぁ」

健坊が伸び上がったのを見て、俊男の身体が勝手に後退った。一歩、また一歩と窓辺から遠ざかっていく。健坊が身体をひねって、「さっきの、見せにいかんの？」と首を傾げる。

「言うなよ」

俊男はそう口にしていた。

「ここに来たことを誰にも言うな」

俊男は、そこから逃げ出した。人を突き飛ばしながら走った。走り出してすぐに霜焼けが疼きだした。土を蹴るたび、指の痛みが脳天まで突き上げてくる。それでも俊男は駆けた。止まることが恐ろしかった。足の指が割れるような感覚が走った。痛みに気を取られて、つまずき、転んだ。ほうぼう穴の開いたズックの爪先に、血が滲んでいる。俊男はしゃがみ込んで赤黒い血の染みをなぞった。そっと後ろを振り向く。しばらく声が追ってくる気配がしていたが、健坊の姿はもうどこにも見えなかった。

翌朝早く俊男は、いつもの軒下に入り仕事道具を並べていた。ほどなくタッちゃんがやってきて、「よお」と声を掛ける。俊男はぎこちなくそれに応え、もうすっかり並んでいる靴墨や踏み台を意味もなく置き直した。

「おまえさ」タッちゃんの声に、ビクリと身体が跳ねた。

「客に遠慮するな。とれる奴からは一円でも多くとれよ」

うん、と言って俊男は、小さく息をついた。

「他人に靴を磨かせるような屑からは、いくらだってふんだくっていいんだ」

タッちゃんは言って、笑う。「生きたもん勝ち」の答えはどこかに待っていてくれるのだろうか。タッちゃんの爪にも、靴墨がめり込んでいた。それでも、もうタッちゃんは、ここにはいないのかもしれない、と俊男は思った。

「それと」

タッちゃんの声が、また、した。目の前の通りを行き交う足は、どんどん増える。それぞれに明確な目的を持って、どこかに向かっていく。

「もうなにも掘り起こすな」

「なにが？」と言った俊男の声が惨めに裏返った。

「おまえ、巣鴨に通ってるって言ったろ。そんなことしたって無駄だ。なんにもならない」

客が来て、タッちゃんの踏み台に鷹揚に足を置いた。「いらっしゃい」。さっきまでの低い声とは別人のような明るさで、タッちゃんは「屑」を迎え入れた。どこで調達したのか、真新しい手拭いに靴墨を素早くとり、少しも上等ではない黒靴を磨きはじめる。俊男にも客が来て、話はそれきりになった。冬の薄い光の中で、革を擦る音だけが形を持って響いていた。

晩飯はカモのところで食おう、とタッちゃんが言ったとき、俊男はまた肝を冷やした。仕方なくその背中に従いながら、気が気ではなかった。健坊のことだ、昨夜のことをうっかり漏らさないとも限らない。だが、意外にもふたりを迎え入れた健坊はなにもなかったようなさっぱりした顔で、「今日の夕焼け、俊男ちゃん見た？　えろうきれいやったな」と笑うのだった。夕焼けなんて、本当にあったのだろうか。どこから空が見えたというのだろう。俊男は、かつて毎日見ていたはずのこの地の景色を、今はもう思い出せなくなっていることに気付き、戸惑った。

健坊はこの日も饒舌で、タッちゃんにまとわりついて離れようとしなかった。タッちゃんはうるさそうに眉根を寄せてシチューを飲み込んでいたが、

「そういやおまえ、兄弟がないんだろう、健二って名は妙じゃねぇか」

と、まったく関係ない話題を持ち出して、健坊の話を断ち切った。

健坊の答えられないようなことを投げかけて無駄な会話を終わらせるのは、タッちゃんのいつものやり方だった。

「あんな、僕、たぶん兄さんがおんね」

健坊は珍しく答えに窮しなかった。むしろ、嬉々として語りはじめ

た。

「僕、もともと捨て子やってん。健一言います、よろしゅう、て書いた紙と一緒にお寺さんに捨てられててん」

俊男の箸が止まった。タッちゃんも椀を見たまま動かずにいる。

「それをおかんが、あ、住吉さんとこで暮らしてた育てのおかんな、おばんの妹な、それが拾うて育ててくれてん。きっと僕には健一兄さんがおんねん」

照れくさそうに小鼻の脇を掻く。

「とんだ親だな。長男だけは手元に置いたのか」

タッちゃんが残酷な笑い声を上げた。健坊はその言葉の意味を汲み取れなかったのか、笑顔のままタッちゃんを覗き込んだ。タッちゃんのほうが、先に目を逸らした。

「住吉さんとこのおかんはな、家の下でぺしゃんこになって死んだんや。僕、ひとりで材木をよけてな、おかん焼き場に運んでったんや。そのおかんのためにもな、ほんまのおかはんに会うてみたい」

なんの翳りもない顔で言ってから、会いたいなぁ、と健坊はもう一度呟いた。首も頬も寒さに凍てついていたはずなのに、俊男のこめかみから汗が一筋、ズッと流れていった。

「僕はな、健一兄さんもほんまのおかはんも生きててくれたらええなぁ、思てんねん。それが一番、うれしいことやしなぁ。そんでな、会うてな、住吉さんのおかんに会わせてくれたお礼をしたい」

「なに、言ってんだよっ」

俊男が健坊を遮った。自分でも驚くような、キンと張った声になった。もっと酷(ひど)い台詞を健坊に叩きつけたかったのに、混乱して頭の中が空白になった。

タッちゃんはうつむいたままでいたが、乱暴に椀を置くと「今日はツケだ」と言い捨てて立ち上がり、後ろも見ずに店から出て行った。

「え、でも僕、おばんに叱られる」

健坊の声を無視して俊男も慌ててあとを追う。追いついて横に並ぶと、タッちゃんの歪んだ表情が見えた。その目に、初めて鮮やかな感情が浮かんでいるのを俊男は見た。振り返ると、小さくなった健坊が所在なげに身体を揺すっていた。だらしなくはみ出たシャツの裾が、不器用に踊っている。

冬が、いつになっても終わらない。寒さが腰を据えて、春が来るのを日延べにしている。俊男は足下に吹きだまる枯れ葉を手で追いやり、靴を磨く。手が空くと闇煙草を作る。ただ、なにも考えないようにしてひたすら働いた。もう巣鴨に行くこともよした。ゆがんだ妹のコップは、見知らぬ土に埋めた。

タッちゃんはあれきり、健坊の店に行かなくなった。

前にも増して寡黙になり、客に嘘くさい愛想を使うことさえもやめて、ただ黙々と靴を磨いた。闇市に足を運ぶのを避けるようになり、俊男に金を渡して食料を調達させては、通りに背を向けむさぼり食った。

俊男は買い出しに行くたび、闇市の看板をあおぐ。

「消費者ノ最モ買イ良イ民主的自由市場」

「自由」という言葉の意味を俊男は知らない。それは延々と果てしなく続いてゆくのか。いや、きっとどこかで途切れているのだ。バラックの終わりみたいに。

タッちゃんは一度、俊男の前でひどく酔っぱらった。もつれる舌で、

「生き延びちまったんだよな、俺は」

そう言って、腹を抱えて笑った。あれはなんの話をしたときだったか。笑って、笑って、のたうち回って笑って、うつぶせになると長い時間動かなかった。俊男は膝を抱えて、ひとことも発せずにタッちゃんの隣に座っていた。

「うまくふっかけろよ」というタッちゃんの土色の声に頷いて、その日俊男は久々に闇市に足を踏み入れた。いつも煙草を買い取ってもらう店でさんざん粘って売り賃を引き上げると、満足感と虚しさの板挟みになって感情の逃しどころを失った。俊男は、またぼんやりと看板の「自由」を目でなぞっていた。

突然のピーッという激しい警笛が、どこか遠くに飛んでいた俊男の意識を引き戻した。なにかが割れる音、ガラガラと崩れる音とともに、鉄板を擦り合わせたような悲鳴が湧き起こる。人々が蜘蛛の子を散らすように逃げまどうのが見える。

「一斉だっ」

「警察の手入れだ！」

叫び声がはっきり耳を貫いた。黙認されているようで、闇は違法なのだ。だからこうして時折、抜き打ちで手入れがある。商いをしているものは、例外なく引かれる。周りのバラックではバタバタと簾(すだれ)を下ろし、一斉に店じまいをはじめた。品物を担いで逃げる者が何人も目の前を横切った。

俊男は惚けたように、そこに立ちすくんだ。膝が笑い出し、腕が細かく震えた。耳だけが恐ろしく鋭くなり、怒号のひとつひとつを聞き分けている。ポケットに突っ込んだままの手が、巣鴨で掘り起こしたあの紙片に触れているのを感じた。

俊男は、震えを振り切るように駆け出した。目的を持って足が走っていた。人混みにもみくちゃにされながら、景色が目の前でグルグル回るのを振り払いながら、一軒のバラックに飛び込んだ。有無を言わさず、そこに這いつくばっている巨体の襟首を摑んで引き起こす。ぼやけた顔が、俊男を見た。

「あ、俊男ちゃん、久しぶりやな。なんで顔出さへんかったん？　僕、心配したんやで」

健坊は、顔をほころばせた。

「なんでもいい、早く逃げろ。一斉だ」

「え、うーん。でも、ないねや。おばんの金庫持って逃げな。木箱の金庫なんやで」

「いいからひとまず逃げろ。逃げないと引かれる」

「せやけど、お金なくしたら、おばんにどうやって食うんやて、僕、殴られんねん」

「え？　殴る……？」

聞き直した拍子に、俊男の手がゆるんだ。その隙をついて健坊は再び這って、机の奥に手を伸ばした。

「そんなのあとでいい、あとで取りに来ればいいよっ！」

俊男は、その背にすがりつく。健坊は「うん」と生返事をしながら、机の下を探っていたが、しばらくして

「あった！」

と叫び、尻から立ち上がった。

「よかった、あったわ。おばんが隠しといたところにちゃんとあって

ん」

俊男は、無邪気に笑いかける健坊の手を引いた。むくむくとした肉の感触が、伝わってきた。必ず、逃がさなければならない。誰かの声を近くに聞きながら、表に一歩踏み出した。そこで視界が暗く遮られた。警官が一気になだれ込んでくる。俊男は裏から逃げようと健坊の腕を摑み直す。その拍子に、丸っこい手から木箱が滑り落ち、地面にぶつかって派手な音を立てて壊れた。中の小銭が灰色の通りに、はしたなく散らばっていった。

「あ……」

健坊が言うより早く、わっと人が群がった。警官が慌てて棍棒(こんぼう)を振り回す。鈍い打撲の音が折り重なって響く。それでも誰ひとりとして、金拾いを諦めようとはしなかった。

「やめて、やめてんか。僕、そのお金持っていかなんだら、おばんに殴られてまうんや」

手足をばたつかせる健坊を警官が羽交締(はがいじ)めにした。俊男は警官に飛びかかった。胴にしがみついたが呆気なく投げられ、地面に転がった。起きあがってまた向かっていこうとする俊男の肩を、誰かの手が摑んだ。

なぜか俊男は、その手が誰のものか、振り向く前から知っていた。

タッちゃんは健坊のほうを見据えたまま「大丈夫か」と低く言って、そっと俊男の肩を離すと、ゆっくり警官のほうへと歩いていった。そして健坊を押さえ込んでいる男の前に立ちはだかり、いきなりその胸ぐらを摑んで、まるで機械のような正確さで殴った。俊男は思わず、目をつむった。警官が大袈裟に転がって倒れ、辺りは一瞬、音をなくした。健坊だけが、「タッちゃん！」と嬉しそうに笑った。そのひとことで、すべての視線がタッちゃんに注がれることになった。

「俺の店で、なにしてんだ」

タッちゃんは確かに、そう言ったのだ。

警官のひとりが何事かを喚(わめ)いた。四、五人が素早く固まってタッちゃんを取り囲み、一斉に棍棒を振るった。俊男は、遮二無二走って警官の腰にしがみついた。すぐに殴られ、また地面に転がった。健坊は傍らで惚けたようになっていたが、タッちゃんの額から血が流れるのを見て、火がついたように泣き出した。

「人殺しやー。この人ら、警察の格好しとるのに人殺しをするんや！」

気がふれたように大声で喚く。警官たちはその言葉を聞いても、殴ることをやめようとはしない。「やめて、やめて」と健坊は繰り返す。

「死んだら怖い！」

健坊は両の拳固（げんこ）を自分の腿（もも）に打ちつける。

「もう怖いのは嫌やぁ」

子供のような格好で地団駄（じだんだ）を踏んだ。

タッちゃんがぐったりしてなんの反応も示さなくなってやっと、警官たちは殴ることをやめた。ふたりの男がタッちゃんの両脇を抱え、引きずるようにして歩き出した。

「どこ連れてくのん、僕の大事な友達や」

追いすがった健坊は再び棍棒で殴られ、その場にうずくまった。

俊男は仰向けに転がったままでいる。覗き込んだ野次馬の、あまたの頭の隙間から抜けるような空が見えた。

青く、懐かしい冬の空だった。


タッちゃんはひと月ほどで釈放された。

迎えに行った俊男と健坊は、タッちゃんを見て思わず息を呑んだ。顔が、別人かと見まごうほどに腫れあがっていた。

「ひどいや」

俊男が言うと、

「まあ、そんなもんだ」

とタッちゃんは返した。健坊はタッちゃんを見て泣き続けた。「僕のためにごめんな、僕のために」と何度も繰り返しながら泣いた。

「『僕のため』？」

何度目かでようやく、タッちゃんが反応した。その口角が奇妙な角度に吊り上がっているのを、俊男は見た。

「俺はただ金欲しさでやったんだ。お前みたいなヤツの代わりに臭い飯を食って、あとで謝礼をとるんだよ。お陰でお前、俺が捕まっている間も闇商売ができたろ」

「謝礼？」

「ああ。一万円でいいよ」

「そんなに……」

健坊ではなく俊男のほうが、うっかり声を上げてしまった。タッちゃんは俊男を睨み、それから無表情に笑った。

「いい商売だろう。俺が考えたんだ。靴磨きより、ずっと儲かる」

凄々(せいせい)とした声だった。タッちゃんは昔、どんな声をしていたのだろう。その声を聞ける日が、いつかまた来るのだろうか。

健坊はけれど、その棘(とげ)だらけの声をいともたやすく飲み込んでしまった。

「なんだってする、お金も用意する、だってタッちゃんは僕の大恩人やもん。僕の代わりに痛いの堪えてくれたんやもん」

高く澄んだ笑顔だった。

タッちゃんは一瞬、ひどく戸惑った顔をした。それから静かに背を向けた。その後ろ姿にはもう、なにひとつなかった。

タッちゃんはそれきり、ふっつりと姿を消した。

俊男は、あのねぐらにも行ってみたが、窓際のメチールのビンはもうなくなっていた。思いきって部屋の中を覗くと、そこははじめから誰もいなかったかのような、ただの虚しい箱だった。

健坊には、まだタッちゃんのことを告げていない。

たまに店に寄ると、

「タッちゃんのお金、また少し貯まったて伝えてくれるかな」

と、健坊は俊男に笑いかけるのだった。

「俊男ちゃん、あのな、僕な、またいい言葉見つけてん。聞いてんか。

『ポッカリ月が出ましたら、

舟を浮べて出掛けませう。

波はヒタヒタ打つでせう、

風も少しはあるでせう。』」

健坊の笑顔が、モワモワ立ち上る湯気の向こうに見え隠れする。

健坊もまた、ここにはいないのかもしれない、と俊男は思った。

八　てのひら

池之端

母が、上京する。

電報を受け取ったその日から、佳代子(かよこ)はいそいそと支度にかかった。母と会うのは二年ぶりだ。それもこれまでは、盆や正月に佳代子が夫と連れだって帰郷する折に会うばかりで、東京に呼んでも、日頃世話になっている弟夫婦に気兼ねしてか、母はなかなか重い腰を上げようとしなかった。

「ずいぶん楽しそうじゃないか」

部屋の隅々まで念入りに雑巾がけをする佳代子を、夫はからかってから顔をほころばせる。

佳代子にとって母はずっと、他の母親たちと比べるのも惜しいほど特別な存在だったのだ。

結婚前は初等学校の教員をしていたとかで、その辺りには珍しく教養があったのも、幼い佳代子には自慢だった。夜中、御不浄（ごふじょう）に起きるたび、小さな電灯の下で籐椅子に腰掛け一心に小説を読む母の姿を見つけては、うっとりしたものだった。家事も一切、手を抜かなかった。生来のきれい好きのためだろう、いつでも家中淀みなく磨き上げられていたし、料理も必ず一工夫凝らしたものが食卓を飾った。家族の誕生日には小豆を煮だして赤飯を炊き、自ら型紙を起こしたハイカラなワンピースを佳代子のためにたくさん縫った。母自身も、質素だけれど趣味のいい服を身につけ、いつも身ぎれいでいた。普段は口の悪い級友たちも「おめぇの母ちゃん、垢抜けとるなぁ」と素直に褒めた。母特有の気品は、歳をとっても少しも衰えることがなかった。

上野の駅までは、夫に迎えに行ってもらった。

佳代子はその間、井戸水でビールを冷やし、ちらし寿司の錦糸卵を慎重に作った。うきうきと、何度も表を窺った。

車の音が家の前で止まり、木戸の開く音がする。佳代子は急いで玄関へと駆け出し、挨拶より先に安堵の息をついた。母は、なにひとつ変わっていなかった。品のいい鶯(うぐいす)色の和服を身につけ、福々とした笑みを浮かべている。

「佳代ちゃん、しばらくお世話になりますね」

母の声がコロコロと鳴って、佳代子は顔を緩める。踊るような足取りで、新調した座布団へと母を導いた。

精一杯の御馳走を並べた夕飯の席で、母は饒舌だった。復員した誰それが高校の教員になったの、隣家の男の子が結婚したのと。夫がビールを勧めると深々と会釈してからほんの少し口をつけた。佳代子の作ったちらし寿司をしつこいくらいに褒めた。

「なんだか夢のようだねぇ。こうして佳代ちゃんの家で」

そう言って、目を細める。

「こんなあばら家で居心地が悪いでしょう」

夫が恐縮すると、母は大きすぎる仕草でかぶりを振った。

「東京で家を構えられるなんて立派ですよ。佳代ちゃんは果報者だ、感謝しないといけないよ」

「でもほんとはね、もっといい家があったのよ。茗荷谷でね、庭があって、柘榴(ざくろ)が植わってて。私はそこに移りたかったんだけど、この人が……」

佳代子は夫へ恨みがましい目をやる。

「いや、だって、あそこはなんだかげんが悪いようだったろう」

夫は仏頂面になり、それを笑顔に作り替えてから母に向いた。

「なんでも、その家に前に住んでいた男がご近所の若奥さんと駆け落ちしたらしいんですよ。それで僕はどうも気乗りがしませんでね」

母はビールのつがれたコップを両手で包み込んだまま、目を丸めた。

「その出奔した若奥さんの旦那さんが、まだご近所にいるっていうから、やはり気まずいんじゃないかと思いまして」

「あら。でもその方だってすぐに若くてきれいな後妻さんをおもらいになったんでしょ。そんなに気にすることもなかったんじゃないかしら」

ふたりが言い合うのをしばらく目で追っていた母は、長い溜息をついて、

「東京らしい出来事だねぇ」

と、しみじみした声で言った。若い夫婦は顔を見合わせてから、大きく笑った。

銀座、浅草、日本橋。明日から母を案内する。母が居る間、佳代子は仕事も休みをもらい、車を雇えばいい、という夫の言葉に甘え、少

し贅沢な東京観光を計画していた。暮らし向きは楽ではないけれど、ふたりにはまだ子もおらず、共稼ぎでもあったから少々の蓄えはあるのだ。

「職業婦人だなんて」と夫の両親は眉をひそめ、子供ができないことと結びつけてたびたび佳代子を責めたが、母のような女性になりたくてタイピストという仕事を選んだ彼女は、微塵の負い目も感じなかった。

「明日、街へ出たら映画もいいでしょう。確か雷蔵の新しいのが封切られましたから」

夫が言うのに応えようとした母の口から突然、蛙の鳴くような音が漏れた。佳代子も夫も何事が起こったのかと母の口元を凝視した。それが大きなゲップであることに、すぐには考えが行き着かなかったのだ。夫は場を取りなすように「ビールのせいでしょう。僕もよくやります」と穏やかに笑った。佳代子はなにも言えず、ただ内心の動揺を隠すのに必死だった。こんな行儀の悪いことをする人ではなかった。咀嚼(そしゃく)の音さえも厳しく注意する人なのだ。けれど、その音にもっとも驚いていたのは母自身には違いなかった。母は愕然とした様子で口を押さえ、それから黙ってうつむいた。さっきは気付かなかったが、母の髪は薄く、つむじの辺りは大きく地肌が見えていた。

翌日銀座へ向かう車の中で、母は落ち着かなく身を揺らし「こんな無駄遣いはいけないよ」と拝むような口調で言った。並木通りで車を降り、和光や松坂屋を眺める。中に入ってみましょうと佳代子が誘っても、なにも買わないんだから入ったら申し訳ないよ、と小声で返して沿道から建物を見上げるのだ。

そういうときの母の身体は、妙な具合に曲がっていた。腰が曲がっているというのではなく、そう、ちょうど子供をおぶったときのような、背中の重く傾いだ形によく似ていた。母の背はもうピンと張ってはいない。そこにはもう、なにかが貼り付いてしまっている。長い歳月がもたらす、逃れられないなにかが。

お昼は資生堂パーラーでとった。母はメニューを見て「高いよ。高いねぇ」と念仏のように呟いた。

「いいのよ、私も食べたいもの。たまの贅沢だもの」

佳代子がそう言うと不承不承、「じゃあ、佳代ちゃんと同じものをいただこうかね」と顔に不安を浮かべたまま言った。節々が鉤状に曲がった指でコップを摑んで、一口水を含み、「帰りは歩きで行こうね」と微笑んだ。

「無理よ。ここから千駄木まで歩くのは」

「平気だよ。お母さん、足は丈夫だよ」

母はテーブルの下からひょいと下駄をのぞかせた。鼻緒は美しかったが、よく見ると歯のちびた下駄だった。

「歩きやすいんだから。鼻緒をすげ替えてもう十五年も履いてるんだ」

佳代子は、周囲のテーブルに母の声が届いてしまうことを恐れた。そういう心持ちになったのは初めてのことだった。

「そうだお母さん、帰りに新しい履き物を買いましょうよ。銀座だったら質のいいものをたくさん置いているはずだから」

母はとんでもないと首を振り、「新しいのを買ったって、生きているうちに履ききれないもの」と、そう言った。なんの感傷もない、あまりに自然な物言いだった。だから無駄になっちゃうよ、と母は言ったのだ。

佳代子はこういう高級レストランに出入りする婦人たちを、常々疎ましく思っていた。つつましい暮らしこそが理想だった。けれど今日ばかりは彼女たちの華美な装いや振る舞いが羨ましかった。こんな風に奔放で浪費家の母だったら、どれほど気が楽だったろう、と。

母は、人混みというものに至って無頓着だった。そんなものがこの世にあるということなど、まるで知らないようだった。

翌日行った浅草でも、ふたりはうまく人の流れに乗ることができず、仲見世や浅草寺の人混みに、波間に浮かぶ木の葉のようにもてあそばれた。母は気になるものがあると周りも見ずに立ち止まり「あれ、ごらん」と幼げな声で佳代子に話しかける。そのたびに人波が遮断され、過ぎゆく人々が迷惑顔を容赦なくこちらに向けた。佳代子が母を守るように手を添えても、みな平気でぶつかっていく。腹の中に言いしれぬ怒りが湧いて治まらなかった。東京という街の雑な味気なさを憎らしく思った。きっとこの街は、あっけらかんとすべてを暴いてしまうのだ。

慣れないことで佳代子もすっかり人酔いし、足も疲れたから甘味処に寄りましょうと誘ってみると、母はやはり「六十円もするもの」と首を振った。佳代子は、自分の厚意がいちいち値踏みされるようで虚しかった。母はそんな佳代子に構わず、楽しげに昔話をした。幼い頃の佳代子の話を。ちびた下駄の音がからからからと空疎だった。

「佳代ちゃん、悪いけど、今日はご飯を多めに炊いてくれないかい」

母が言ったのは、上野見物に行く日の朝だ。佳代子はその通りにし、母の朝食を食卓に並べ、仕事に向かう夫を送り出した。母が使っている部屋に入ると既に布団は上げてあり、塵ひとつなく隅々まで掃き清められていた。変わらぬ母の証があった。けれど母が母なのは、故郷とこの家の中だけなのだ。

母はこの日、見慣れぬ風呂敷包みを持って表に出た。

「私が持ちましょう」

玄関口で佳代子が手を伸ばすと、慌てて風呂敷をかき寄せ胸に抱いた。その拍子に母の爪が触れ、佳代子の手の甲にひっかき傷を作った。上野まで歩く途中、その傷はみみず腫れになった。

母は昔、佳代子を叱るとき決まって平手で腿（もも）を撲（ぶ）った。華奢（きゃしゃ）なくせに力が強く、その跡はいつもみみず腫れになった。佳代子は夜寝るときや学校の帰り道、たびたびそこを触ってみた。不思議と悲しい気持ちにはならなかった。むしろ、なだらかに盛り上がった丘陵は指に心地よいものだった。母の、てのひらの跡。自分の身体に刻まれた、母の強さだった。

不忍池（しのばずのいけ）を歩きながら「大きな蓮だねぇ」とはしゃぐ母が、軽く足を引きずっているのに佳代子は気付く。

「足、お辛いんじゃないの？」

母は急いで素知らぬ顔を作った。

なぜ甘えてくれないのだろう。佳代子は、得体の知れない苛立ちに覆われた。車だって喫茶店で休むのだっていくらもしないことなのに。ただ、お母さんに喜んで欲しいだけなのに。

「やっぱり下駄を買いましょう。車で行けばいいわ。お昼は精養軒を予約してあるからそのあとで」

努めて明るく言うと、母はやにわに今朝の風呂敷を佳代子の顔の前に差し出し、得意顔で包みを解いた。そこには塩むすびが四つと、いつの間に買ったのか、日水のソーセージが二本入っていた。

「お母さんのために、そんなにお金を使うことはないよ、佳代ちゃん。食べるものなんてなんでもいいんだから」

佳代子は、母のてのひらを見つめたまま、ぼんやり立ちつくした。

そのとき、ちょうど後ろを通りかかった若い二人連れが、道を塞いでいた母の背にぶつかった。その拍子にソーセージがぽろりと風呂敷の中から転げ落ちた。

佳代子の中でなにかが爆(は)ぜた。

「道の真ん中で立ち止まっちゃ迷惑じゃない！」

あまりの剣幕に、母より若者たちのほうが驚いてこちらを見た。

「そんなちびた下駄を履いてちゃダメじゃない！　こんなところで

おにぎりなんか、みっともないんだわ」

佳代子は大声で泣き出したかった。どうして泣きたいのか、怒りなのか哀しみなのか、なにもわからなかった。わからなくなって佳代子は駄々をこねたのだ。

こうして癇癪（かんしゃく）を起こすと、母は必ず佳代子を叱ったものだった。凄まじい厳しさで。凛と美しい仕草で。けれど目の前の母は所在なげに風呂敷を丸めて、小さくうつむいている。「ごめんよ。悪いことしたね」と心細げに詫びている。

「お母さん、田舎者で……佳代ちゃんに恥ずかしい思いをさせちゃって」

「どうして周りが見えないの？　どうしてお金のことばかり言う

の？　どうしてちゃんとできないの？」

母を責める言葉が、止まらなかった。この残酷な気持ちはどこから来るのだろう。なにが許せないのだろう。きっと母でも、東京でもない。もっと大きな、自分がいつしか背負ってしまった現実が恨めしいのだ。それを受け入れたくなくてぐずっているのだ。

母は目に、うっすら涙を浮かべて立ちすくんでいた。それから小声で「お母さん、もう佳代ちゃんの家に帰りたいよぉ」と言った。

道の真ん中で、幼女がふたり、哭（な）いていた。

その夜、佳代子は慎重に母に詫びた。

母はけれど、なにもなかったかのように優しく居て、その後数日を過ごした。佳代子は母の上京を台無しにしてしまったことを悔いた。この後悔から一生逃れられないだろうと思った。もう、それを取り戻す機会は残されていない予感があった。

母が帰る日、夫と一緒に上野駅まで送った。母は夫に何度も頭を下げた。「お世話になりました。安心しました。佳代子をよろしくお願いします」。それから佳代子に向かって、「お陰様でほんとに楽しかったよ。いい思い出ができたよ」と何度も何度も礼を言った。

汽車が滑り出すと、母は開けた窓からちょこんと顔を出し、遠ざかりながらやはり何度も頭を下げた。白いほつれ髪がふらふらと風にもてあそばれていた。

母がすっかり見えなくなってから、佳代子は手の中に触れてみた。みみず腫れはもうすっかり引いていて、桃色のかき傷だけがうっすらと残っていた。

九　スペインタイルの家

千駄ヶ谷

渋谷金王町のアパートを出るのは、毎朝きっかり六時半である。

さくら横町の細道を抜け、常磐松小学校の角を曲がって大通りに出る。めっきり増えた車の音にせき立てられ、千駄ヶ谷へと道を折れる。建設途中のオリンピック競技場に向かうトラック二、三台に抜かれる。土埃（つちぼこり）には難渋するものの、拡張した道幅のせいで遠くまで一望できて心地よい。足を止めて、思わず伸びをする。このまままっすぐ、あと五分も歩けば勤め先に着く。

尾道俊男は、そこで向きを変え、左手の小径（こみち）に入る。

気に入っている家があった。三十坪ほどの平屋はいっとき流行った文化住宅の様式に似ていたが、南側一面に張り出した広い木製デッキと外国製のタイルをあしらった玄関周りの意匠は珍しく、彼の興味を引いた。開いた窓からちらりと見える、つややかな杉板の内壁も美しかった。庭の花壇には、見たことのない西洋花が植えられている。俊男はほとんど毎日、出勤途中にわざわざ遠回りをしてこの家の前を通った。目に収めるだけで、その日一日がどことなく穏やかに転じるように思っていた。

家の前に差し掛かる。要の生垣の近くをゆっくりと歩き、デッキの上に美しく干された布団と洗濯物を眺め、それから再び足を速めて、日常へと戻っていく。

現場でタイル屋と一緒になった折、俊男はスケッチしてあった例の家のタイルの絵柄を見せた。作業着のポケットの中で、長い間機会を待ち続けた紙は黄ばんでしわが寄り、「なんだい。電気工を辞めてタイル貼りになるんか」という周囲の冷やかしの前で小さく居すくんでいた。タイル屋はしばし眉間を揉んだあと、おそらく欧州の、そうさなスペインかどこかのものだろう、と結論づけた。

「なにかに使うつもりかい？　しかしこりゃあ日本じゃあ手に入らんよ」

俊男は礼を言い、詮索の目から逃れるように素早く紙片を尻のポケットに押し込んで、持ち場に戻った。天井裏で配線を引きつつ、スペイン、と小さく声に出して言ってみた。

その家の住人には滅多に会わない。一度、品のいい初老の婦人が花壇をいじっているのを目にしたきりだ。婦人は、後ろでまとめた髪を黒いレース地のドアノブカバーのようなもので覆っており、それがまた俊男に、ここにある暮らしを魅惑的に想像させた。

玄関を入るとまっすぐ伸びた廊下があって、突き当たりに台所、南側にはおそらく大きめの洋室が二つ、廊下を挟んで北側には風呂場と洗面と納戸、それから小さめの部屋がふたつある。彼は何百という建築現場を踏んできた勘で、外から見ただけのその家の間取りを見当づけた。道に近い東南の部屋が食堂になっていることだけは、確かだ。以前夕暮れ時に通りかかったとき、樫の木のテーブルに皿が乗っているのが見えたのだ。昼間は庇の陰となりひんやり外からの目を遮断している屋内は、電灯が点ると途端に温かく親しげな表情で、外の者を誘い込む。俊男は、自分の仕事の意味を知って、ほんの少し安心する。

アパートでは、妻の祐子がカツレツを作って待っていた。お給料日のお祝い、と弾んだ声が聞こえた。こうして月に一度だけ夕食を奮発するのが、渋谷に住んでからの習いであり、慰めだった。昨夜、彼が渡した給料袋はまだ神棚に上がっている。

かつて住んでいた郊外の家を出ることに祐子は尻込みしたが、高度経済成長のまっただ中で、都心のほうが勤め口も多かったし、給料もよかった。渋谷駅に降り立って、人混みに揉まれるうち「窒息しそう」としかめた妻の顔は、一緒になって三年の間見たことがないほどの険しさで、俊男は後ろめたさと漠然とした喪失感にさいなまれた。

この辺りは日々変化し、魔法でもかけられたように人が増えていく。ビルも建つ。家もできる。道路までが現れる。そして昨日まであったものが、なくなっていく。祐子は時折、郊外の家を懐かしがった。そこにあった風や土を。それでも彼女は、ここでの日々を楽しむことに専心した。アパートの小さな部屋を端布（はぎれ）を使って器用に飾り、商店街の人々にもすんなり馴染んだ。彼女のささやかな工夫や知恵は、いつも俊男を明るく盛り立てた。

休日はふたりでよく散歩に出かける。千駄ヶ谷まで歩くこともある。女の足には結構な距離だが、祐子は鳩森八幡の富士塚を気に入っており、頂上に立って空に向かって伸びをするのをなにかの儀式のように重んじていた。ここに立つと自分が居るのがわかるの、と彼女は言う。開発ばっかりしてるせいで東京の景色って水みたいじゃない、だからときどき足場が欲しくなるのよ。

散歩の途中、ふたりで一本のコーラを買って歩きながら飲むのは、小さな楽しみだった。俊男が奥歯で栓を開けると、恥ずかしい、と祐子は決まって周りを見回した。

時折、妻と一緒にあの家の前を通る。そのたび俊男は、ここのことを話そうか、と考える。けれど、「いずれこういう家に住みたい」ということでもなく、自分が仕事で携わったわけでもないその家についてて、どう説明すればいいのかわからずに、結局黙ったまま通り過ぎてしまう。彼女は家が気にならない様子で、そちらに目を向けることもない。俊男は横目でそっと家を確かめる。玄関前に水仙の鉢植えが増えていた。デッキには、ついさっきまで誰かがそこに座って本でも読んでいたかのような温みを抱いた、古い木の揺り椅子が置いてあった。

二月も終わりに近い日だった。いつものようにあの家の前を通りかけて、俊男は思わず足を止めた。初老の婦人とは別の、住人を目にしたからだった。

その女の人は、北側の部屋の窓辺にある安楽椅子に座って煙草をふかし、書類らしきものに目を通していた。顎の辺りで切りそろえた黒々とした髪と切れ長の目が、煙草くらいでは侵されない清潔さを誇っていた。年の頃は、俊男より二つ、三つ上、三十半ばだろうか。以前見かけた老婦人の娘かもしれない。どことなく面差しが似ている。俊男は、女の人が着ている上質そうな黒いとっくりセーターを見た。雰囲気からして独り身のような気がした。そうすると、ここでのふたりの生活は、この女の人が支えているのかもしれない。どんな仕事をしているのだろう。きっと机に向かってする仕事なんだろう。目尻の上がったきつめの顔つきは、職場できびきび働く様を容易に想像させた。たぶん彼には想像もつかない洒落た職場で。通りから見えない西側の部屋には彼女の蔵書が並んでいるのかもしれない。食卓には西洋の料理が並び、母娘は難しい哲学の話や欧州の文化の話をしながら樫の木のテーブルにつくのだろう。

あの家に自分が住んでいたとすると、と俊男は職場に向かいながら、途方もない空想を巡らす。母娘とは釣り合いがとれぬから、せいぜい居候（いそうろう）という立場だろう。北側の一室に住み、ふたりにからかわれながら食事の支度を手伝い、食後には隣の応接間にあるはずのレコードプレイヤーで音楽を聴く。母は静かに耳を傾け、娘はなにかしらの講釈を加える。弾力のある紅茶の香りが漂っている。

空想を引きずったままだったので、アパートに帰り、目刺しの頭を嚙み砕きながら、俺は居候になったら『浮雲』の文三みたいに気の強い母娘に虐（いじ）められて肩身の狭い思いをするのがオチだな、とうっかり声に出して言ってしまった。ちゃぶ台の向こう側にいる祐子が、何の話？　と小首を傾げた。俊男はバツが悪くなり、飯をかき込む。祐子はそれ以上訊かず、存外うまくやっていくわ、あなたにはソンザイカンがあるもの、と言った。昨日図書館で借りてきた本に載ってた言葉よ、新しく覚えたの、と笑った。

しばらく煩雑な日が続いた。朝早くから入らなければならない現場が多くなり、俊男はあの家に立ち寄ることができなくなった。それでも仕事の合間に、家の佇まいを思い出した。そこにある暮らしを空想した。その行為は、決まって彼の心を穏やかにした。

その日も夜になってようやく仕事が終わり、俊男は疲労を煮染めたような身体をなんとか動かし、千駄ヶ谷の駅前でオート三輪に仕事道具を積み込んでいた。

と、目の前を知った顔が横切った。とっさに彼は会釈しそうになり、慌ててそれを押しとどめ棒立ちになる。

あの女の人だった。仕立てのいいツイードのスーツに重そうな革の書類鞄を持って、カッカッと規則正しくコンクリを鳴らしていく。目線を貼り付けた俊男に一瞬不審そうに目を向け、次の瞬間にはもう彼のことなど忘れ去ったかのようにすっきりと背を伸ばして遠ざかっていった。

このとき、あの家がひどくはっきりした実体を持ち得たように彼は感じた。あそこにあるものには一片の虚構もないのだ、と思い知らされた。奇妙な戸惑いが湧き、迷子になったときのような寄る辺ない心細さに襲われた。

明け方、夢を見た。

俊男はあの家で居候をしている。なにか難しい学問をしているらしく、うずたかく積まれた書物の中に座し、一心に頁をめくっていた。鉛筆の尻で頭を掻く。わからないことだらけだと呟く。それでも時間は無限にあった。複雑にこんがらがっている糸は、きっと少しずつほどけていくだろう。どれほど時間がかかっても、いずれ謎が氷解し、彼は世界と対峙する。入り口に立つのね、と娘が言った。母は、羨ましいようだよ、と微笑んだ。

目が覚めて、あの家への憧憬の度合いを我ながら可笑しく思った。しばらく早暁の青い光に身を預けてぼんやりしていると、そういえば俺は書生のような身分に一度なってみたかったのだ、と遥か昔の思いが忽然と浮かび上がった。誰かに師事し、なにか専門の学問を学び、未来を実感しながら、これと思い決めたひとつことを極めてみたかったのだ。そういう贅沢なやり方で、世の中に入っていきたかったのだ。中学も出ないうちに戦災で孤児になり、突然、世間に放り出された。身寄りも金もない中で物乞いや靴磨きで食いつなぎ、そのあともただ生きていくためだけに這うようにして働いてきた。立ち止まる間もなく、遮二無二日々を送ってきた。

もちろんそこに後悔はないのだけれど。

あの家には、自分の選びそびれた人生がこっそり眠っているように俊男は感じた。取り戻そうにも、呼び鈴を押すことすらもうできない。

隣から規則正しい妻の寝息が聞こえてくる。寝返りをうったばかりなのだろう、頬にくっきりタオルケットの模様が刻まれていた。彼は笑みを浮かべ、人差し指の腹でそっと彼女の頬の凹凸をなぞった。甘やかな粒子が脇腹の辺りを包んだ。どうしようもないやるせなさが鼻腔の奥を刺した。

最後にするつもりで、俊男はあの家の前を通った。生垣の脇にそびえるこぶしの木の、白いふくらみが弛(ゆる)んできている。もの悲しくなって、つい立ち止まった。眩しい青と白があった。

「もう、じきに咲きそうですな」

ふいに背後で声がして、俊男は驚き、振り返る。

針のように痩せた年老の男が立っていた。貧相な体つきに、手にした買い物かごから頭を出した青ネギが似合い過ぎるのが可哀想なようだった。

あなた、よくこの辺りをお通りになりますな、と唐突に老人は言った。俊男は息を呑んだ。不審者とでも思われたろうか。注意深く口をつぐんだ俊男に老人は弁解がましく、いえね、あなたをお見かけするたびに羨ましいと思っていたものですから、と続けた。

「ゆったり大股で歩かれる姿がなんとも勇壮でね、それに以前、歯で瓶（びん）をこう、開けていたでしょう」

俊男は赤面した。

あなたのような逞（たくま）しい青年を見るのは気持ちの良いもので、私なんぞ若い時分からここが悪かったですから、と老人は胸の辺りを軽く二度ほど叩いた。それにかわいい奥さんをお連れになって微笑ましくてね、うちは女どものほうが強いもので私なんぞ家長だというのに家の中ではダンゴムシ同然に縮こまっておるんです、まったくいけません、と飄逸（ひょういつ）な口調で言った。

「おや、足をお止めして」

老人は軽く会釈をしてから、こぶしを見上げた。

俊男もつられて頭を下げ、自分の鼓動を聞きながら歩き出した。どの家の住人だろう。どこから見られていたのだろう。ぎこちなく歩を進め、しばらく行ったところでそっと振り返った。

ちょうど老人が、あの家の、スペインタイルの玄関を開け、「ただいま」と入っていくところだった。パタン、とドアが閉まって、老人は家の中に消えた。俊男は道端に佇み、見慣れたはずの家を眺めた。

生垣の隙間に、異国のタイルだけが鮮やかに浮き上がっている。

いったい老人はどの部屋から自分の様子を眺めていたのだろう。陰になった室内に、ぽつんと座って外を眺めている老人の様子を想像した。気管が絞られるような気がした。

俊男は、足を速めて勤め先への道を行く。

春の光に向かって、ソンザイカン、と小さな声で言ってみる。

〔引用文献〕

『明治物売図聚』三谷一馬　立風書房
「奇異雑談集」（高田衛編『江戸怪談集（上）』）岩波文庫
「浅草十二階の眺望」田山花袋（『東京近郊　一日の行楽』）現代教養文庫
『百鬼園日記帖』内田百閒　ちくま文庫
「赤い部屋」江戸川乱歩（『江戸川乱歩傑作選』）新潮文庫
「秋の一日」／『山羊の歌』、「湖上」／『在りし日の歌』（共に『中原中也詩集』）岩波文庫

解　説

春日武彦

骨董品や「お宝」を素人が自慢げに披露し、それをスタジオでプロフェッショナルが鑑定するテレビ番組がある。素人が言い張る値打ちと、鑑定士が断定する値段との落差を面白がるわけで、大概は贋物だったり見当外れな品物であり、持ち主の自慢げな顔が落胆へと一転するところに意地悪な楽しみがある。ごく稀に奇跡の逸品みたいなものが登場することもあり、そこにスリルが生まれる。

持ち主は数百万円と信じて疑わなかった壺が、せいぜい一万円にしかならない場合がある。にもかかわらず、それは実際に江戸時代に作られた壺であることは間違いなかったりすると、わたしはいささか不思議な気持ちに囚われる。確かに美術品としての価値は乏しいかもしれないけれど、髷を結った江戸時代の人間がこの壺をこしらえたことは事実なのである。その時点から現在に至るまでに、世の中にはどれほど沢山の出来事が生じたことか。また壺をこしらえた無名の人物はとうに亡くなり（墓はまだあるのだろうか）その子孫は今でも日本のどこかで暮らしているのかもしれない。割れることなくこうして壺が残っていること自体がまさに僥倖ではないのか。

そんなふうに考えてしまうので、鑑定士が平然と価値を否定してしまうことに当惑せずにはいられない。しかも持ち主は、テレビで恥をかかされた腹いせに壺を割り砕いてしまう可能性すらある。残酷な話だなあ、と心の底から思ってしまうのである。

本書は、九つの短篇によって編み上げられた連作である。江戸時代から昭和三十年代末までの時間の流れの中で、歴史に名を残すことのなかったさまざまな人たちが次々に登場しては去って行く。武士の身分を捨てて桜の新種作りに生涯を費やす男。人の心を穏やかに、落ち着いたものへと変える薬を作り出そうとして怪しげな黒焼きを研究する虚(うつ)け者。毎日、妻には小役人としての出勤を装いつつ、実は浪曲家の見習弟子という二重生活を試みる者。関東大震災直後の茗荷谷で、親の遺産で気ままな隠遁生活を送ろうとするものの、世の俗物たちによって目論見を潰えさせられてしまう者。映画製作に情熱を燃やす天真爛漫な青年が呆気なく戦地へ送られていく挿話……。

おしなべて彼らは何かに取り憑かれている。それを夢とか志と言ってしまうと、ニュアンスが違ってしまうだろう。むしろ固執とか妄念と称すべきであったり、運命に翻弄された挙げ句、他に選びようのなかった異形の人生である。彼らは自分たちなりに懸命に努力し、挙げ句の果てに一生を棒に振ったり、挫折して俗世間に呑み込まれていく。遣る瀬なさと屈託とを、代わる代わる無名の人々が体現していく。

だが本人なりの突飛な思いが遂げられなくとも、それが怨念とか遺恨として引きずられていくことはない。明るい真昼の突堤を歩いていた人が、次の瞬間には高波にさらわれて跡形もなく消え失せているかのように、彼らは不意に世間から姿を消してしまう。その後も、世の中は何事も無かったかのように猥雑に営まれていく。だがふとした機会に、退場した筈の人物たちの消息や、当人にまつわる痕跡がさりげなく出現する。しかもそれは退場した当人を偲んだり賞賛するといった形ではなく、日常の些事として。時間が懊悩や悲しみを洗い流し、今や彼らは取るに足らぬ噂や気配と化して人々の暮らしの中に遍在しているところに、むしろ安堵と救いを感じずにはいられない。

作者が連作という形式を採用したのは、深い思いを遂げることも出来ず、鬱屈した心情を秘めつつも、異議を唱えることなく時代と運命とに流されていった人たちが果たして無意味な存在でしかなかったのか、ちっぽけだが真摯な営為を認められないまま歴史から退場していくことは犬死にと同然であったのか——そのような問いがあったからに違いない。

おそらく成果主義的な発想に則れば、彼らは取るに足らない庶民以外の何者でもない。ならば本書は庶民列伝とか奇人集成とでもいった性格の書物なのか。とんでもない。彼らの切実さや偏執は、希薄化したなりに人の世に遍在し、そのようなものがふとしたことで今を生きる者の思いに陰影を与える。そうした淡い「真実」を書き尽くしたところに本書の素晴らしさがある。決して分厚い本ではないのに、書き綴られた世界の奥行きには溜め息すら出てくるではないか。

明治の中頃、品川の浜辺で奇怪な黒焼きを工夫する春造は、どんなことを考えただろうか。「だが、干涸びて粉々になった黒いものは、明らかに有益そうな、姿、形、匂いを持っていた。有益なものが、自分の手を通って、日々生み出されていく。それは春造にとってひどく特別なことだった。長らく自分自身が、世の中にとって無用の長物であるという烙印を押され続けてきた春造にとって」。

東条内閣が発足したというのに、いつか素晴らしい映画を作ると熱っぽく語っていた「庄助さん」が、浅草の映画館から急にいなくなってしまったとき、「従業員たちは『庄助さん』の不在を、馴染みの駄菓子屋が店を閉めたときのような取り返しのつかない寂しさをもって噂し合った」。

高度経済成長で賑わう東京で、しがない電気工として天井裏で配線を引き回している俊男は、スペインスタイルを貼られた瀟洒な文化住宅の前を夕暮れに通り掛かり、「昼間は庇(ひさし)の陰となりひんやり外からの目を遮断している屋内は、電灯が点ると途端に温かく親しげな表情で、外の者を誘い込む。俊男は、自分の仕事の意味を知って、ほんの少し安心する」。

　このような、巷の人たちのささやかだけれどもしっかりとした日々の手応えや実感を大切にして書き上げることによって、本書は我々の心を静かに揺さぶってくる。忘れがたい一冊として胸の内に残ることになる。日常を「かけがえのないもの」として尊重することの意味を、我々はあらためて考えさせられる。

作品集の最後に位置するこの物語の中で、電気工の俊男はスペインタイルを貼られた家に憧れつつ胸の中でそっと心を巡らせる。「あの家には、自分の選びそびれた人生がこっそり眠っているように俊男は感じた。取り戻そうにも、呼び鈴を押すことすらもうできない」。

この一節はわたしの胸を締め付ける。無力感や未練、運命に味方してもらえなかった自分の人生への複雑な思い、自己憐憫を拒みつつも無意識のうちに俯いてくる己の姿勢——そのようなものを受け入れざるを得ないことへの寂寥感と虚脱感とが、逆にごく当たり前の日常へ向ける視線の解像度を上げ、すると日々の光景が奇妙な肯定感をゆったりともたらしてくる。それこそが人の心に備わった神秘ではないのか。

人生の複雑な味わいと心の閊（つか）えを長い時間軸に沿って描き切ったという意味で、本書はまさに小説らしい小説だと思わずにはいられない。

（作家、精神科医）

本書は、株式会社文藝春秋のご厚意により、文春文庫『茗荷谷の猫』を底本としました。但し、頁数の都合により、上巻・下巻の二分冊といたしました。

茗荷谷の猫　下
(大活字本シリーズ)

2024年5月20日発行(限定部数700部)

底　本　文春文庫『茗荷谷の猫』

定　価　(本体2,900円+税)

著　者　木内　昇

発行者　並木　則康

発行所　社会福祉法人　埼玉福祉会

埼玉県新座市堀ノ内3—7—31　〒352—0023

電話　048—481—2181

振替　00160—3—24404

印刷製本所　社会福祉法人　埼玉福祉会　印刷事業部

ISBN 978-4-86596-627-5

大活字本シリーズ発刊の趣意

現在，全国で65才以上の高齢者は1,240万人にも及び，我が国も先進諸国なみに高齢化社会になってまいりました。これらの人々は，多かれ少なかれ視力が衰えてきております。また一方，視力障害者のうちの約半数は弱視障害者で，18万人を数えますが，全盲と弱視の割合は，医学の進歩によって弱視者が増える傾向にあると言われております。

私どもの社会生活は，職業上も，文化生活上も，活字を除外しては考えられません。拡大鏡や拡大テレビなどを使用しても，眼の疲労は早く，活字が大きいことが一番望まれています。しかしながら，大きな活字で組みますと，ページ数が増大し，かつ販売部数がそれほどまとまらないので，いきおいコスト高となってしまうために，どこの出版社でも発行に踏み切れないのが実態であります。

埼玉福祉会は，老人や弱視者に少しでも読み易い大活字本を提供することを念願とし，身体障害者の働く工場を母胎として，製作し発行することに踏み切りました。

何卒，強力なご支援をいただき，図書館・盲学校・弱視学級のある学校・福祉センター・老人ホーム・病院等々に広く普及し，多くの人人に利用されることを切望してやみません。